書下ろし

泊《とまり》日《ひ》文《ふみ》のおひとりさまノート

長月天音

祥伝社文庫

目次
contents

1 冬から春

大きな喪失と決意
一人で生き抜くために
7

2 春から夏

一人で解決できない日常の不便の問題
意外と近くにいた存在に頼ってみる
81

3 夏から秋

一人で具合が悪くなったらどうするか
誰にSOSを出すべきか
127

4 秋から冬

一人で生き抜くために必要なこと
一人の人生を楽しむために必要なこと
177

5 再び、冬から春

最後の悩みはやっぱり故郷のこと
いつまでも続く大切な繋がりを作るために
233

Character
登場人物紹介

泊 日文《とまり ひふみ》

「小日向食堂　中野店」で働く36歳独身。幼い頃のある出来事をきっかけに男性恐怖症を抱え、直人以外に友達がいない。

板垣直人《いたがき なおと》

日文の親友。日文と大学時代のバイト先で知り合い、18年間一人暮らしの同志として支え合う。職場の同僚との結婚が決まっている。

金輪美紗紀《かなわ みさき》

「小日向食堂　中野店」で働くフリーター。常にお洒落を欠かさない。何事もテキパキとこなす頼れる存在だが、意外と涙もろい一面も?

相馬信義《そうま のぶよし》

「小日向食堂　中野店」の店長。おっとりした雰囲気と、小柄で色白な見た目から頼りなく見えるが、真面目で正義感が強い。

泊 伊吹《とまり いぶき》

日文の三歳下の弟。日文と同じく高校卒業と同時に上京し、現在は家電量販店勤務。学生時代から付き合っている彼女がいる。

おひとりさまノート

「おひとりさま」という言葉をよく聞くようになった。

ポジティブな響きを持ち、その反面どこか寂寥《せきりょう》感をも抱《いだ》かせる。三十代後半の私にとって、すでに他人事《ひとごと》ではなく重大な問題として目の前に迫ってきた言葉だ。

生涯《しょうがい》のパートナーを持たず、一人で日々の生活を送っている人でもあり、もっと年齢を重ねれば、伴侶《はんりょ》に先立たれ、はからずも一人になってしまった人、という場合もある。

いずれにせよ、私にとって「おひとりさま」という言葉は、さほどネガティブなイメージを感じさせず、しっかりとした生活の基盤を持ち、一人でも明るく楽しく毎日を送っている人という印象がある。いや、「一人で生き抜くんだ」という確固《かっこ》たる意志を感じる。

そういう人に私はなりたい。これはそのためのノートである。

私は、私らしく一人で生きるために、このノートを綴《つづ》っていく。

時には感じたことを、時には生き抜くために必要なことを。

今日、親友であり、一人暮らしの民《たみ》としても、心強い同志であった直人《なおと》が結婚する。

結婚してしまう。

その上、都内の勤務先から、北海道《ほっかいどう》の支店に転勤することまで決まっているという。

もちろん異性であってもあくまで同志であって、恋愛感情はないから、盟友《めいゆう》のめでたい門《かど》出《で》を喜ばないわけではない。しかし、一抹《いちまつ》の寂《さび》しさと心細さを感じずにはいられないのだ。

つまり、これから私はどうなるのだろうと。

一人暮らし。

それは大いなる自由と引き換えに、頼れるのは自分だけという、とてつもなく恐ろしいリスクを背負《せお》うことでもある。

高校卒業と同時に実家を出た私にとって、同じ一人暮らしの民である直人は、一人で対処できない事態に遭遇《そうぐう》した時に助け合うことのできる、心強い同志だった。

その心強さが次第に「甘え」に変わっていったことは否《いな》めない。おそらく「結婚する」と告げられた時の私の衝撃《しょうげき》と失意は、これによるところも大きいだろう。

今日は直人の門出の日。そして私の決意の日。

普段は出勤する日曜日に休みを取ったのも、気合を入れてお洒落《しゃれ》をしたのも久しぶり。

とりあえず、直人の結婚式に行ってきます。

1

冬から春

大きな喪失と決意
一人で生き抜くために

季節は初春。ほのかな香りを漂《ただよ》わせる梅の花は散り始めているけれど、桜の蕾《つぼみ》はまだ固い。冬のコートを着るほど寒くはないけれど、春物《はるもの》のジャケットでは心もとない。そんな三月初旬の日曜日。泊《とまり》日《ひ》文《ふみ》は東京《とうきょう》の湾岸エリアにある巨大なホテルを訪れていた。

あいにくの曇天《どんてん》。せっかく海に向かって開けているのに、空はどこまでもうっすらとした白い雲に覆《おお》われ、穏《おだ》やかな海面も曇《くも》りガラスのようにそれを映している。

普段は足を踏み入れることのないような豪華なロビーを通過し、招待状にあった披露宴《ひろうえん》会場を目指す。休日のせいか、ロビーは大きなキャリーバッグを持った観光客で溢《あふ》れ、奥のラウンジも満席のようだ。確かこのホテルはアフタヌーンティーが有名だったはず。とはいえ、日文にはあまり縁《えん》のない世界である。

ふかふかの絨毯《じゅうたん》に久しぶりに履《は》いたパンプスのヒールが埋まり、まるで雲の上を歩いているようだ。広い廊下《ろうか》の片側は大きな窓になっていて、何気《なにげ》なく外を見た日文は足を止めた。どんな手入れをしているのか、この季節でも青々とした芝生《しばふ》の上に、今日の主役である直人がいた。いや、新郎と新婦がいた。

どちらも純白のタキシードとドレス姿。そばにはアテンドらしき女性とスーツ姿のカメラマンがいて、大袈裟《おおげさ》なくらいにこやかに微笑《ほほえ》んでいる。専属カメラマンが付き従《したが》い、結婚式当日のあらゆるシーンを撮影してアルバムに残す、というオプションでも追加したのだろう。芝生の奥には白壁《しらかべ》のチャペルがあり、親族のみの挙式を終え、披露宴までのひと時を撮影しているらしい。

気の毒なことに晴れる気配《けはい》はなく、空も海も何もかもが白一色だ。これが真《ま》っ青《さお》な空だったら、どれだけ純白の衣装が映《は》えただろうか。

知り合った頃から直人は雨男《あめおとこ》だった。今日は降らなかっただけマシかもしれない。曇り空にもかかわらず、直人も新婦も満面の笑みを浮かべ、眩《まぶ》しく輝いて見える。あれが、幸せオーラというものか。

二人はカメラのレンズに集中しているため、屋内《おくない》の廊下に佇《たたず》む日文には気付かない。それをいいことに、日文は撮影風景をじっと眺めていた。

直人と出会ったのは、大学に入学してわりとすぐに始めたバイト先だった。

あの夜も雨が降っていた。

それを思い出すと、窓の外にさぁさぁと雨の筋が見える気がした。

あっと思って目をしばたたく。芝生の上で、カメラマンに言われるままに新婦の腰に手を回した直人が、恥ずかしそうに笑っている。

直人が顔を上げた。気付くはずはないと思ったのに、日文と視線がぶつかる。

照れたような、気まずいような、なんとも言えない表情を浮かべた直人は、また何かカメラマンに言われ、新婦へと視線を移す。瞬時にそのまなざしがとろける。なぜか自分まで気まずくなった日文は、再び絨毯に足を取られながら披露宴会場へと向かった。

大学は違ったけれど、お互いに一人暮らしをするアパートは同じ三鷹《みたか》市内にあった。吉祥寺《きちじょうじ》の洒落《しゃれ》たカフェをバイト先に選んだのは、進学のためとはいえ東京に出てきて、故郷では味わえない経験をしたかったからだと思う。

その時の日文は、ちょっと自分を過信していた。その過信が過去にも失敗を招き、それを今も引きずっているということを忘れていた。

しかし、だからこそあの夜直人と出会い、三十六歳になる今年まで、長く盟友《めいゆう》という関係を築くことができたのだ。

大学卒業後、直人は都市銀行、日文はバイトの経験をもとに、ベーカリーカフェを展開する会社に就職した。それぞれ進む道は大きく違ったけれど、二人とも学生時代と同じ三鷹のアパートに住んでいたから、時間の制約はできたものの、関係性はさほど変わらなかった。

はたから見たら「付き合っている」ように見えただろう。けれど、そういう関係ではなかった。最初から日文たちは割り切っていた。一人暮らしの民《たみ》として、いざという時に助け合おうと。その関係があまりにも便利で心地《ここち》よかったから、それがズルズルと続いただけだ。しかし、就職すればお互いを取り巻く環境は変わる。それに影響され、考え方も変わる。学生時代は奥手だった直人が恋愛に目覚め、伴侶《はんりょ》となる相手と出会っても何ら不思議はない。

それにしても、今のご時世にしてはかなり豪勢な披露宴である。直人と新婦の千夏《ちなつ》さんは、同じ銀行に勤務しており、招待客も会社関係が多く、あとは親族、友人と続く。友人の中でも、日文はもっとも直人と親しい自信があるのだが、バイト先が同じだったという接点しかなく、大学の同期で固められた「新郎友人」のテーブルに座ったところで知り合いは誰もいない。そのため、直人はわざわざ「大学時代のバイト仲間」というテーブルを用意してくれた。そういう気遣《きづか》いのできるヤツなのだ。

日文のテーブルに座るのは、かつて同じ店で働いた同僚の女性ばかり。十年以上も会っていなかったとはいえ、顔を合わせた途端、「元気？」「今、何しているの」「変わらないね」「丸くなったね」などと他愛《たあい》のない話題でそれなりに盛り上がる。半分は結婚し、半分は未婚らしい。

新郎新婦が入場し、その時だけはいっせいに注目して「うわぁ、直人だ」「奥さん、綺《き》麗《れい》じゃん」とみな目を輝かせたものの、来賓《らいひん》の祝辞になると早くも気もそぞろになり、乾杯の後はすっかり同窓会のようなノリになった。今日の主役の話題よりも思い出話に花が咲き、食べ慣れないフレンチのコース料理を堪能して勝手に盛り上がっている。

日文は高砂席《たかさごせき》の直人をチラチラと眺める。照明を浴びて輝いて見える直人。そっと新婦の耳元に顔を寄せて何かを伝え、微笑み合う直人。大学時代の友人や職場の同僚に囲まれ、恥ずかしそうに笑う直人。そのどこにも入り込む隙《すき》などないように感じられ、日文はかつての同僚の話題に大袈裟に笑いながら、ひたすら料理を食べ続けた。

そのうちに新郎新婦が各テーブルを回り始めた。

「久しぶり。今日はどうもありがとう」

照れ笑いを浮かべた直人は、明らかに日文しか見ていなかった。日文は「直人」と口にしかけて慌てて「板垣《いたがき》くん」と呼び直し、アルコールが回った頭で、招待状を見て初めて知った新婦の名前を思い出しながら微笑んだ。

「……そして千夏さん、今日は本当におめでとうございます。すっかり私まで幸せを分けてもらった気分です」

直人が一歩前に出て答える。

「ひふ……、泊さんも、仕事を休んで出席してくれて本当にありがとう。会えて嬉《うれ》しいよ」

「そりゃ、来るでしょ。大学時代からの友達だし。それに四月からは北海道に転勤なんでしょ？　身体《からだ》に気を付けて頑張ってね。千夏さんも、新生活応援しています」

直人よりも四つほど年下だという新婦に頭を下げる。

「はい。私も北海道は初めてですが、二人で冒険に出るつもりで楽しんできます。今後とも板垣のことをよろしくお願いいたします」

直人が惚《ほ》れただけあって、ずいぶんとしっかりした女性である。銀行員とはみんなこんな感じなのだろうか。飲食業界で働いた経験しかない日文にはさっぱり分からない。

直人たちは隣《となり》のテーブルへと向かった。ひとつひとつのテーブルにあまり時間を割《さ》いてはいられない。今日の主役は彼らであり、どこのテーブルも二人を待っているのだ。

お互いに十八歳で出会い、その後およそ十八年間、どれだけ親しくしていても、日文とは友人という関係のままだった。新婦に比べれば、日文のほうがずっと長く直人のそばにいた。けれど、この差。

微笑みを絶《た》やさない新婦の横顔を遠く眺める。まるで真珠のように白く、淡《あわ》く光り輝いている。これから二人はどんな未来を歩んでいくのだろう。いつか子どもが生まれ、父親と母親となり、さらにその後にはおじいちゃん、おばあちゃんになって……。ダメだ。自分に置き換えてみると、さっぱりイメージが湧《わ》かない。

つまり、そういうことなのだ。日文は最初から、直人との「その先」など少しも考えていなかった。ただ、お互いに助け合える、強い信頼関係で結ばれた同志だった。

日文が「実は男が怖い」などと言わなければ、何か別の可能性はあったのだろうか。

大きなため息をつきながら、直人が注《つ》いでくれたビールを一気に飲み干す。

日文は小学生の頃から大人の男が信用できなかった。

成長すると、周りはかつて恐れた大人の男ばかりになった。自分も大人になったのだから当然だ。

男は怖い。何を考えているのか分からないから信用できない。優しい顔をしていても、たとえ細身《ほそみ》であっても、女よりもずっと力が強い。日文は異性に対して、つねに疑いの目で眺める癖がついていた。

けれど、直人だけは違った。最初から信用できた。日文を助けてくれたからだ。

大学時代のバイト先のカフェは、夜になるとお酒を出すダイニングバーになり、中にはちょっと面倒なお客さんもいた。女子学生に人気のバイト先ということは、それを目当てに来る客も多いということに日文は気付いていなかった。

女子学生はホールで接客を任せられ、日文は週に三度、午後五時から十時まで働いた。

毎回同じ席に座る男性客に気が付いたのは、だいぶ仕事も覚えた頃だった。

痩《や》せ型で背が高く、色白で銀縁《ぎんぶち》の眼鏡《めがね》、いつもスーツ姿。仕事帰りらしく、パスタやピラフなどの軽食を食べた後、必ずコーヒーを頼む。バイト仲間には社会人と付き合いたいと言っている子が何人もいて、彼女たちは競《きそ》ってその男のテーブルに料理を運びたがった。

けれど、日文は違った。一番苦手なタイプだった。ああいう優男《やさおとこ》が実は何を考えているか分からない。そんなふうに思い込んで警戒していた。しかし、それが態度に表れてしまったのか、相手には逆に意識していると思われたようだ。

梅雨《つゆ》に入ったばかりの土砂《どしゃ》降りの夜だった。

いつもと同じ午後十時に仕事を終え、店を出た日文は、エントランスの柱の陰に佇む男にギョッとした。少し前に会計を終えて店を出たあの男が待っていたのだ。

どうやら何度も通ううちに、日文がいつも午後十時で仕事を終えることを知ったらしい。カフェ自体は午前零《れい》時まで営業しているから、同じバイトでも学年が上の子たちは閉店まで働いている。深夜手当《てあて》が付くため、それを当てにしている子も多かった。

「お仕事、お疲れさま」

男は馴《な》れ馴れしく言った。優しげな微笑みを浮かべているけれど、糸のように細められた目は獲物を狙う獣《けもの》のようだった。

客にぞんざいな態度は取れない、などとは思わなかった。日文は無視をして傘を広げ、そのまま通りに出ようとした。雨音《あまおと》で声が届かなかったと思ってくれれば好都合だったが、そううまくはいかなかった。

「ひどいな」

男は慌てて傘を開いて追いかけてきた。

「ねぇ、ちょっと食事でも行こうよ。バイト終わりでお腹すいているでしょ、ね？」

大通り手前の木立《こだち》に囲まれた狭い道を、男は傘をさしたまま無理やり横に並ぼうとする。

日文は焦った。断ればそれで済むのだろうか。断り切れない場合はどうする？　そもそも、隣を歩かれるという状況に、足元から恐怖が湧き上がってくる。

「ねぇってば」

男が強引《ごういん》に手を伸ばし、傘を持つ日文の手を握った。雨で濡れた男の手のぬるっとした感触に、日文は思わず声を上げて傘を取り落とした。

その時だった。

「おーい、泊さん」

後ろから大声で呼ばれて振り返ると、キッチンで働いている男子学生が追いかけてくるのが見えた。名前を呼ぼうとしたが、姿を見かける程度だったので名前を知らない。

「泊さん、またタイムカードを押し忘れたでしょ。店長が怒って呼び戻せって」

追いついてきた彼は、日文が落とした傘を拾って、日文の手を引いた。その手はさらりと乾いていた。

ポカンとした男性客がようやく我に返って「おい」と声をかけたが、彼は毅然《きぜん》として顔を上げた。

「お客さんですよね。彼女、嫌《いや》がっているみたいですけど、手を離してもらえますか」

男が怯《ひる》んで日文の手を離した瞬間を逃《のが》さず、彼は「行くよ」と握った手を引いて店に向かって大股に歩き始める。振り返ると、そそくさと大通りのほうに去っていく男の後ろ姿が見えた。もちろんタイムカードなど嘘で、男性客に絡まれている日文に気付いて、助けてくれたのだ。

念のために男を警戒して店内に入った二人は、残っていたバイトたちに「お揃いでどうしたの？」とからかわれながらテーブルに着いた。

今になってガタガタと足を震わせる日文に気付き、彼はホットミルクティーを二つ注文した。この時、初めて彼の名前が板垣直人だということと、日文よりも二日ほど早くここでバイトを始めた同学年の学生だと知った。店の構造上、ホールとキッチンは完全に仕切られていたので、仕事内容の違う二人に接点がなかったのだ。

お礼を言った日文に、直人は言った。

「あの男、前から待ち伏せしていたよ。気付かなかった？」

「えっ、うそ」

どうやら直人も毎回日文と同じ午後十時までのシフトにしているらしく、店を出る時間がいつも日文と被《かぶ》っていたらしい。

うかつだった。気を付けているつもりでも、まだ甘かったのだ。

助けてもらったということもあり、日文は直人に対して、いつも異性に対してうっすらと感じる「嫌だな」という感覚にならなかった。それは直人のガッシリとした体格のせいかもしれない。

ミルクティーで温まる間に、直人もこの春から一人暮らしを始め、日文と同じ三鷹市内のアパートに住んでいることが分かった。

すっかり落ち込んだ日文を見て、直人は放っておけないと思ったのかもしれない。その夜、直人は日文をアパートまで送ってくれた。三鷹に到着しても、まさかさっきの男が執念深く付け狙っているはずもないのに、直人は周囲への警戒をけっして怠《おこた》らなかった。雨はまだ降り止まず、夜の住宅街ではビニール傘を雨粒が叩く音だけが聞こえている。

「そんなに警戒しなくても、ここまで来れば大丈夫だよ」

「癖なんだよ。ウチの実家、家の周りに熊も鹿も猪《いのしし》も出るから。朝になったら、畑が猿や狐《きつね》に荒らされているなんてこともあるんだ」

あまりにも真面目《まじめ》な顔で言うものだから、日文は思わず笑ってしまった。

「実家にとっては、深刻な問題なんだけどなぁ」

「ごめんごめん」

直人は日文が部屋に入って明かりを点《つ》けるまで、ベランダの下で待っていてくれた。その頃の日文は、送ってくれた直人にお茶を勧める、などという機転も利《き》かなかった。

日文がベランダから手を振ると、直人も手を振って元来た道を戻っていった。直人のアパートは駅の反対側らしかった。そう気付くと、日文の胸は熱くなった。

それからはバイト先で会うたびに一緒に帰るようになった。直人は学業に差《さ》し支《つか》えるからと、必ず午後十時でバイトを切り上げていたのだ。

お互いに初めての一人暮らし。とはいえ、どちらも羽目《はめ》を外《はず》すようなタイプではなく、気が合ったとしかいいようがない。それに、少しのホームシックと人恋《ひとこい》しさもあったのだろう。最初に直人に助けられたように、いつしか日文も、何かあれば直人の力になりたいと考えるようになっていた。

ウエディングケーキへの入刀も終わり、お色直しのために、新婦、続いて新郎が席を立った。

そっと会場を抜け出した日文は、洗面所の鏡に映った自分を眺めた。

久しぶりに飲んだお酒のため、目元がほんのりと赤らんでいる。

一緒に飲む相手と言えば直人くらいしかいなかった。上京して地元の友人とは疎遠になり、大学の同期の騒がしいノリも苦手だった。そもそもお酒が好きなわけでもなく、気を遣わずに誘い合える友人は、一人いれば十分だったのだ。

会場に戻るためにロビーに出ると、すぐ近くの大きなソファに見覚えのある女性がポツンと座っていた。直人の母親である。新郎の母親らしく黒留袖姿《くろとめそで》だが、慣れない衣装に疲れてしまったようだ。

直人に誘われて、何度か群馬《ぐんま》の実家で会った彼女は、いつも畑仕事をしていた。日に焼けた小柄な身体に黒留袖は似合っているとは言えなかったが、うっとりと天井《てんじょう》のシャンデリアを見上げる横顔は、一人息子の結婚の喜びに浸《ひた》っているように見えた。

「ご無沙汰《ぶさた》しています。このたびはおめでとうございます」

「あら、日文ちゃん。どうもありがとう」

直人の実家は群馬の山間《やまあい》の温泉地として知られる街にある。自分の実家に帰るかわりに、日文は誘われるたびに直人の故郷に遊びに行った。嫌な記憶を思い出させる故郷の街よりも、知らない土地を訪れるほうがよほど楽しかった。

直人は早くに父親を亡くしていて、母親に育てられたそうだ。そのため、ことさら母親を大切にしていた。

だいぶ昔に建てられた直人の実家はかなりの広さがあった。一人で暮らす大きな家を彼女は忙しく歩き回り、日文のために客間を整え、普段は使わない客用の布団《ふとん》や食器をどこからともなく出してきてくれた。

開け放たれた居間の窓から見える、家庭菜園にしては広すぎる畑には様々な野菜や花が植《う》わっていて、彼女はもぎたての野菜で様々な料理を振舞《ふるま》ってくれた。少し歩けば温泉を引いた共同浴場があり、夕方になると三人で浸《つ》かりに行った。彼女は立派な「おひとりさま」生活を送っていた。

今もはっきりと覚えているのは、朝食用の野菜を収穫に行った彼女が、笑いながら見せてくれた「夜の間に、猿に齧《かじ》られちゃった」という大きなトマトだった。

以前直人が言っていたように、山の斜面に背後を預けたこの家の周囲には、様々な動物が潜んでいるのだ。あの時の日文は、よくこんな場所で、たった一人で暮らしているものだと感嘆したのだった。

久しぶりに彼女の顔を見たせいか、懐かしい記憶が次々に浮かんでくる。

日文は隣に腰を下ろし、同じように煌《きら》めくシャンデリアを見上げた。

「直人さんのタキシード姿、なかなかカッコよかったです。それに新婦さんも綺麗で、お似合いの二人ですね」

日文の言葉に彼女は申し訳なさそうに目を伏せた。

「なんか、ごめんなさいね。私、てっきり日文ちゃんと……」

日文は慌てて両手を振った。あれだけ頻繁に訪れたのだ。母親が二人を恋人同士だと思いこんでいたとしてもおかしくはない。初めて恋人として千夏さんを紹介された時、どれだけ驚いたかと思うと、かえってこちらが申し訳ない気持ちになった。

「いえいえ。私、直人さんとは、本当に仲の良い友達っていう感じで。むしろ友達だから、これまでずっと仲良くしていられたというか……」

「そうなの？　お似合いだと思っていたのよ」

「……私は、直人さんを心から祝福しています」

今日の直人は、日文の知っている直人とは違う顔をしていた。造形は同じなのに、纏《まと》っている雰囲気が違った。あれは心から満たされている人の顔だ。

あんな顔を見て祝福しないわけがない。まるで自分まで同じ幸せを味わっているような気になった。結婚式が終わってホテルを出たら、間違いなく一気に夢から覚めたような気分にさせられるに違いない。

直人は月末には北海道に引っ越す。今までの関係は完全に終わってしまうのだ。そうなれば今後は群馬を訪れることも、直人の母親に会うこともなくなってしまう。

急に寂《さび》しさが膨れ上がってきた。けれど、その寂しさを誰よりも感じているのは、隣にいる彼女ではないのか。

「直人さんの転勤先がまさか北海道とは驚きました。これまでみたいに気軽に帰省《きせい》できないでしょうし、寂しくなりますね」

そっと顔色を窺《うかが》う。直人の母親はもうすぐ七十歳。日文の両親よりも少しだけ年上だったはずだ。

日文たちが三十代になった頃からだろうか。直人とは、たびたび故郷のことを話題にするようになった。これからは親の老後のことも考えていかないとねと、軽い感じではなく、かなり真剣に話をした。

銀行員の直人は全国規模で転勤があり、故郷の街から通える支店はない。日文も日々、様々なお客さんと出会える都会の飲食店の仕事が好きだったし、そもそも故郷に戻る気がまったくない。

故郷に残された親はどうなっていくのだろう。どうすればいいのだろう。散々悩んでみても、三十代の二人は漠然と不安になるだけで、これといった解決策は少しも浮かんでこないのだった。

直人の母親はうふふと笑った。

「日文ちゃんって、昔から本当の娘のように私のことを気にかけてくれたわよね。私は大丈夫よ。直人にも言っているの。自分と千夏ちゃんのことだけ考えなさいって」

「そうは言っても、北海道は遠いですよ。心細くないんですか」

「ぜんぜん。私、まだまだ元気だもの。ご近所さんとも仲良くやっているしね。だから心強いのよ。日文ちゃんこそ最近はどうなの？　これからもたまには遊びにいらっしゃい。二人で温泉に行きましょうよ。野菜だって一人では食べきれないんだから」

彼女は明るく笑っているけれど、本当に心細くないのだろうか。いくらご近所さんがいても、所詮《しょせん》は他人ではないか。冬には雪が積もるし、東京のように便利な街ではない。それに、裏はすぐに山で猿も熊も出る。

温泉も取れたての野菜も魅力的だが、直人もいないのに一人で遊びに行くのも妙《みょう》な話である。何より千夏さんに申し訳ない。そう思いながら、彼女の言葉に「はい、ぜひ」と社交辞令で返す。

「さ、そろそろお色直しも終わるかしら。その後、千夏ちゃんがご両親にお手紙を読むのよね。おばさん、そういうのに弱いのよ。泣いちゃうかもしれないわ」

彼女は笑いながら留袖の裾《すそ》をさばいて立ち上がった。

もしも自分が同じ立場だったら、彼女と同じように笑顔で「大丈夫よ」などと言えるだろうか。日文も今年三十六歳。この先もずっと一人だろう。ことあるごとに助け合っていた直人がいなくなれば、孤立無援である。

ゴキブリが出ても、料理を作り過ぎても、真夏にエアコンが壊れても、興味本位でホラー映画を観て眠れなくなっても、助けを求めれば直人がいた。いざという時に逃げ込む場所があった。けれど、これからはすべて一人で対処するしかない。隣の部屋に誰が住んでいるかも分からないアパートで、完全に一人で生きていくしかないのである。

お色直し後の再登場、同僚たちによる余興。新婦が手紙を読み上げ、新婦からは両親へ、新郎からは母親へとプレゼントが贈《おく》られる。盛り上がっていた式場は急にしんみりとして、感動の涙に包まれた。直人の母親が目元にハンカチを押し当てているのを見て、日文の胸にもぐっと込み上げてくるものがある。今日は実に色々な感情の波に心を揺さぶられている。

披露宴はお開きとなり、招待客はめいめいに席を立つ。開いた扉の向こうに新郎新婦とその親たちがお見送りのために並んでいるのを見て、日文はわずかにしり込みした。

直人と会うのは、もしかしたらこれが最後になるかもしれない。

ふとそう思った。しかし。

直人にとって、日文とのこれまでの関係は、ちょっと新婦には説明しづらいものだ。そもそも、どこまで彼女に話しているかも分からない。

本当は、直人の母親のように、「私のことはもう心配いらないから、これからは自分と千夏さんのことだけを考えて幸せになって」なんてカッコよく笑顔で伝えたい。でも、今の日文にはそんなふうにできそうになく、ましてやたくさんの人に囲まれた状況では到底無理だ。

直人が日文に気付く。ぎこちない笑みを浮かべ、「二次会で、また」と言う。きっと直人も同じ気持ちなのだと分かった。このままの別れでは、あまりにも中途半端だ。くだけた雰囲気の二次会ならば、もっとゆっくり話ができる。そう思っているのだろう。

「……うん。今日は本当におめでとう」

「ありがとうございます!」

新婦が満面の笑みで差し出す、オーガンジーでラッピングされたパステルカラーのドラジェを受け取り、日文は新郎新婦の前を通り過ぎる。直人の母親に、無理やり笑顔で会釈《えしやく》をし、そのまま振り返らずにロビーを通過してホテルを出た。近隣のダイニングで行われる二次会も出席と返信していたが、そのまま真っ直ぐに駅へと向かった。たとえこの後、数時間の猶予《ゆうよ》があっても、とても気持ちを整理できそうもなかったのだ。

新宿《しんじゆく》で乗り換えた夕方の中央線は、都心で休日を過ごした人々で混みあっていた。

その中でも、明らかに披露宴帰りと分かる日文は少し浮いている気がした。みんなの日常の中に、非日常の自分がいる居心地の悪さ。けれど、日文も日常へと帰っていく。

さようなら、直人。

片手はつり革を握り、もう片方の手は引き出物の入った紙袋をぶら下げている。窓の外にどこまでも続く家並みをぼんやり眺めながら、無性《むしよう》にお茶漬《づ》けが食べたくなっていた。

住み慣れたアパートの六畳間で、高菜炒《たかないた》めをたっぷりのせた、熱々のお茶漬けをさっぱりと食べたい。ずるずると音を立ててかき込みたい。そう、思いっきり盛大に。

その夜、再び「おひとりさまノート」を開いた。

いい結婚式だった。直人があんな豪勢なホテルで結婚式をするとは思わなかったけれど、まさに人生に一度の晴れ舞台だった。

おばさんにも久しぶりに会った。もう会うことはないのだろうか。

二次会に行く予定だったけれど、帰ってきてしまった。

いつもとは違う直人に、何を話したらいいのか分からなかった。

千夏さんとはいつから付き合っていたのだろう。

たぶんかなり前。直人が勢いで結婚などするはずはないから。

ずっと私に言えなかったのだろう。

それだけはちょっとショックだ。隠し事などないはずだったのに。

彼女ができれば、私たちの関係が終わってしまうと思ったのかもしれない。

そんなことは絶対にないのに。

その間、直人はどれだけ苦しかっただろう。

打ち明けてくれれば祝福したのに。

そう。私は間違いなく直人を祝福している。

今まで、ずっと、ずっとありがとう。千夏さんと末永《すえなが》くお幸せに。

それが言いたかったのに、伝えるタイミングを逃してしまった。

追記。

披露宴で出たフォアグラをのせた牛肉がやわらかくて美味《おい》しかった。

そのせいか、急にあん肝《きも》が食べたくなった。次の休みはあん肝ポン酢を食べる。

日本酒も買う。ただしワンカップ。やけ酒をしてしまいそうだから。

直人の結婚式の翌日、日文は勤務先である定食屋「小日向《こひなた》食堂　中野《なかの》店」に出勤した。

最初に就職したベーカリーカフェを展開する会社は、日文が三十歳になる年に倒産してしまった。学生時代から何度も利用していたチェーン店が、まさかなくなるとは思っていなかった。三十歳で世の無常を実感した日文は、ハローワークでも仕事を探していたが、最終的には求人情報誌で見つけた「小日向フードサービス」という会社に再就職したのだ。

一人暮らしの日文は、一刻も早く次の仕事を探さねばならなかった。たいした貯金があるわけではないので、安定した収入を得るために、何といっても正社員になる必要があった。そのため、前職と同じ飲食業界に絞った。扱う食材は違っても、この業界は自分に合っていると思ったからだ。

中野駅の北口にはまっすぐにアーケードの商店街が延《の》びていて、「小日向食堂」は全長二百メートルを超える長い商店街の奥のほうにある。もう少しだけ歩けば、中野ブロードウェイの入口という位置だ。

昨今のカフェブームにもかかわらず、前職のベーカリーカフェで倒産による失業を経験した日文は、流行に左右されず、一定数の常連客が付いていそうな定食屋という業態を選んだ。小日向フードサービスが出店するのは中央線沿線ばかりで、どこの店舗に配属されてもアパートのある三鷹から通うことができる。何度か下見がてら食事に行ったが、年齢を重ねても、定食屋のオバチャンとして仕事を続けられそうだと思った。おまけに、毎日賄《まかな》いでバランスの良い定食を食べることができるらしい。それも魅力的だった。

日文はずんずんと商店街を歩いていく。

月曜日の朝九時前。一部の飲食店を除いて開いている店はほとんどないが、商店街を通路のように利用している通行人はたくさんいる。

この界隈《かいわい》は細々《こまごま》とした飲食店が多く、つねに客の取り合いをしている。生き残る店もあれば撤退する店もあり、同じハコにいつの間にか違う店舗が入っていることも珍しくない。

「おはようございます」

日文は開店前の自動ドアを手動で開け、先に出勤していた店長の相馬《そうま》信義《のぶよし》に声を掛けた。

一歳年長の信義は、大学を卒業してすぐに小日向フードサービスに入社したため、中途採用の日文よりもずっとキャリアが長い。年上ながら小柄で色白、まるで小動物のように頼りなく見える。性格はいたって真面目で正義感が強い。最初に会った時から、日文は一緒に働きやすい人だと直感していた。

中野店は人通りの多い商店街の路面店だ。かなり忙しい店舗だが、店自体は広いわけではなく、社員は信義と日文の二人だけだ。たいていのチェーン店がそうであるように、社員よりもパートやアルバイトの人数がずっと多い。

とはいえ、中野店は周りに競合店が多いせいか、アルバイトもパートも集まらない。

特に役割分担をしているわけではないけれど、一番に出勤する信義がキッチンで仕込みを始めるため、日文はホールの開店準備をするのが定番になっていた。

少し遅れてフリーターの金輪美紗紀《かなわみさき》が「おはよーございまーす」と入ってきた。二年ほど前に信義が面接して採用した彼女は、今年三十歳。つねに体力が有り余っているというように溌溂《はつらつ》としていて、社員と同じくらい長時間働いてくれている。

「小日向食堂」の制服は、水色のポロシャツに紺《こん》色のエプロンである。ズボンは黒ければ何でもよく、頭にはバンダナを巻く。日文は常々ちょっとダサいと思っているが、ポロシャツの水色は目立つから、どんなに混雑した店内でもすぐにスタッフを見つけることができるのはいい。

開店前のこの時間、日文も美紗紀もボックス席でサッと着替える。信義はキッチンにいるし、高めの背もたれと薄暗い照明のおかげで、商店街の通行人からも見られることはない。更衣室を兼ねた事務所は狭くて、着替えるには窮屈《きゅうくつ》なのだ。特に長身の美紗紀は狭い部屋を嫌い、休憩時間も賄いを食べるとさっさと外に出てしまう。

「これ、お土産《みやげ》」

日文は紙袋からクッキーの缶を取り出した。

「あ、コレ、知っています。ベイランドホテルのクッキー缶ですよね」

美紗紀はただでさえ大きな目を見開いた。

「うん。昨日行ってきたの。結婚式の引き出物。開店準備が終わったら、店長と食べよう」

「やった。じゃ、いつもの倍速で頑張ります」

美紗紀は定食屋に出勤するのに、メイクも服装もお洒落を欠かさない。今も大きなシルバーのピアスを外すと、緩くウェーブのかかった長い髪を後ろでひとつにまとめている。流行《はや》りモノにも敏感で、仕事の覚えも早かったし機転も利く。以前は都心の企業で働いていたが、退職してここに面接に来たのだ。前の会社のことは話さないけれど、かなり「出来る女」だったのではないだろうか。

「そういえば、友達の結婚式って言っていましたもんね。日曜日に休みを取るなんて珍しいと思ったんです。友達って女の人ですか」

「男。大学時代からの腐れ縁。女友達は三十歳になる年にバタバタ結婚して、あの時はマジでご祝儀《しゅうぎ》貧乏《びんぼう》だった。それ以降は一度も呼ばれていない。あの時結婚しなかった子たちは、みんな今の私みたいに、もう結婚なんていいやって思っているんだろうね。一人は楽だもん」

「いやいや、焦っている人もいるんじゃないですか。それより、大学時代から続いている男友達なんて、貴重じゃないですか」

倍速で頑張ると言ったくせに、美紗紀は思いのほか日文の話に乗ってきた。これまで結婚や恋愛に関する話題になったことがなかったので、少し意外だった。

「うん、貴重だね。恋愛感情ナシにいいヤツだった。あ、いいヤツだから結婚しちゃうのか。むしろ今まで一人でいたのが不思議なくらい。正直言うと、相棒《あいぼう》を取られちゃうみたいでショックだったんだけど、昨日の幸せそうな顔を見たら、素直に『おめでとう』って言葉が出てきたよ」

「複雑ですねー」

「いやいや、私が勝手に頼りにしていただけだから。それ以外は何もない」

気付けば勤務開始時間の九時を過ぎていた。日文は急いで掃除機を出して電源を入れる。

業務用の掃除機は、本体も大きいが音も大きい。轟音《ごうおん》が周りの気配をシャットダウンして、自分の世界に浸ることができる。

結婚式の話題になったせいか、頭には直人との思い出が次から次へと浮かんできた。

同じ三鷹にアパートがあるということもあり、自然と大学の友人よりも親しくなった。

山里で育った直人は頼もしく、玄関にムカデが入り込んだ時、ベランダで蟬《せみ》が死んでいた時、怯《おび》えるだけの日文の目の前でムカデを追い払い、蟬を拾ってこっそりと街路樹の根元に埋めた。そういう優しさが好きだった。

直人の家に実家から大量の野菜が届いた時は日文が料理をしたし、給湯器が壊れた時は風呂を貸してあげた。洗濯機が壊れたと言って、大量の洗濯物を抱えて来たこともあった。その時には、日文には開けられなかったジャムの瓶《びん》の蓋《ふた》を開けてもらった。

二人で回転寿司を食べに行ったし、一人では入りにくいラーメン屋やエスニック料理店にも行った。就職してから会う機会は減ったが、いざとなれば頼れるという安心感はずっと変わらなかった。

今になって気付く。日文の一人暮らしは、直人がいたから成り立っていた。それは直人にとっても同じだったはずだ。けれど、どうしても性別による力の差があるから、日文のほうが頼っているような気になり、直人も頼られていると思ってしまったのだろう。直人が結婚を決める直前まで恋人のことを言い出せなかったのは、おそらくそれが原因だ。

「俺、結婚するんだ」と打ち明けられたのは、披露宴の招待状が届く直前だった。これには驚いた。「彼女が出来たんだ」をすっ飛ばしての「結婚」である。

それ以来、何となく気まずい雰囲気になり、これまでのような頻繁なやりとりが途絶えた。

日文は驚いただけで、どこか、来るべき時が来た、という思いがあった。しかし、直人はそうではなかったのだろう。それに、結婚式と転勤を控《ひか》えて多忙を極めていたに違いない。けれど、これまではどんなに忙しい時でも、メッセージを送り合ってきた。むしろ忙しい時こそ、深夜の他愛のない話題で気を紛《まぎ》らわせてきた。

今思えば、どんな時でも繋がれる相手がいる、それだけでどれだけ心強かったことか。

昨日、二次会に行かなかったことは、日文の中でずっとモヤモヤしていた。

冷たい女だと思われただろうか。でも、大勢のゲストに囲まれた直人も、新婦の横で幸せそうに微笑む直人も、もう見たくなかった。何よりも、これまでの関係が終わってしまうのかと思うと寂しくて、祝福しているくせに、自分の感情がよく分からなくなっていた。

きっと直人は、日文にきちんと伝えたかったのだろう。

北海道に行ってしまえば、これまでのように助けることができなくなり、申し訳ないということ。けれど、これからも同志として日文を案じているということ。

初めて言葉を交わしたあの雨の夜から、直人はずっと日文のことを考えていてくれた。それは日文も同じだ。同じだからこそ、直人には幸せになってほしい。

日文はいてもたってもいられない気持ちになった。

心残りがあるまま、直人を北海道に行かせたくない。

千夏さんとの新たな生活が待つ北海道へ、希望だけを抱えて旅立ってほしい。

だから、ちゃんと伝えなければ。

私は一人で大丈夫だと。

掃除機のスイッチを切り、長いコードを手繰《たぐ》り寄せて束《たば》ねる。そのまま倉庫に掃除機を突っ込み、事務所の金庫から両替用のバッグを取り出す。

「銀行に行ってきます！」

声を張り上げてキッチンにいる信義と美紗紀に伝え、アーケードの下へと飛び出した。

商店街を抜けて銀行へ向かう。朝の両替は順番待ちの列ができているから、その間にスマホを取り出してメッセージを打つ。

直人は今日も仕事だろうか。結婚式の翌日だが、転勤も控えているクソ真面目な直人が休みなど取るわけがない。そのクソ真面目さで順調に上司の信頼を得て、間違いなくキャリアアップに繋がる北海道への転勤も決まったのだ。

これまでの長い、長い付き合いを、こんなふうに終わらせたくない。

それだけを思いながら指を動かす。

『昨日はお疲れさま。
まだ余韻《よいん》に浸っていて朝から定食屋にいるのが不思議な感じがします。
二次会に参加しなくてごめんね。
披露宴での直人と千夏さんがあまりにも綺麗で胸がいっぱいになっちゃった。
昨日言い忘れたので伝えます。
私は大丈夫。
一人でちゃんと生きていけます。
だから何も心配しないで自分たちのことだけ考えてください。
お幸せに』

読み直さずに送信した。
置いていかれたなんて、絶対に思わない。
自分の生きる場所は、これからも変わらずにここなのだ。

店に戻ると、ふわぁっと昆布《こんぶ》と鰹節《かつおぶし》の合わせ出汁《だし》のにおいが押し寄せてきた。毎朝のこのにおい。これこそ私の居場所だと、日文は嚙《か》みしめる。

「小日向食堂」の味噌汁《みそしる》は、開店前に寸胴鍋《ずんどうなべ》いっぱいの出汁を取る。日文が転職した当時は、出汁入りの合わせ味噌を使っていた。味は安定していて調理も楽だったが、結局インスタントの味噌汁と変わらない。

昨今はますます競合店が増え、どこも独自のウリを作って差別化を図《はか》っている。その流れに乗って、「小日向」は味噌汁をウリにすることにしたらしい。具はいくつかのパターンがあり、日によって変えている。今日は定番。豆腐とワカメの味噌汁である。

「小日向食堂」は常連客が多く、そのほとんどが「おひとりさま」だ。おそらく客たちは家庭的な味を求めていたり、故郷へのノスタルジーがあったりするから、案外これがウケている。

両替してきたお金をレジに入れて、釣銭《つりせん》を準備する。

美紗紀はキッチンから出て、お冷《ひや》のポットをセットしていた。ふと見れば、それぞれのテーブルに置かれた箸《はし》や紙ナプキン、漬物《つけもの》や醤油《しょうゆ》もすべて補充されている。

「美紗紀ちゃん、早いね」

「倍速ですから」

美紗紀は得意げに笑ったが、仕事が早いのはいつものことだ。要領よく何事もテキパキとこなす。最初からそうだったし、分からないことは何でも質問してくれるので、安心して仕事を任せることができた。

信義、日文、そして美紗紀。この三人で「小日向食堂　中野店」は順調に回っている。キッチンから白米の炊《た》ける、ほわあっと甘いにおいも漂ってきた。いよいよ開店時間が近づいている。

「小日向食堂」はメニュー数が多いわけではないが、人気のある定番メニューを押さえており、月替わりのメニューも加わるため、週に二、三度足を運んでくれる常連客もいる。家庭の食事と同じで、繰り返し食べても飽きにくいというのが定食屋の強みだ。

開店の午前十一時まであと十五分。パートさんやアルバイトが開店準備をする日はギリギリまで作業が終わらないが、今日のようにベテランが行えば、余裕を持って開店に備えることができる。

「お茶、入りましたよ～」

美紗紀は自分のために常備しているティーバッグの紅茶を淹《い》れ、キッチンの信義に声をかけた。日文は料理の受け渡しをするデシャップ台の上で、すでにクッキー缶を開けている。

「今日はやけにオシャレなお菓子だね」

三人が揃った時は開店前の一服《いっぷく》が定番になっていて、気が向いた時に各自お菓子を持ち寄っている。たいていは休憩時間にブロードウェイの菓子専門店で買ってきた駄菓子だが、今日は明らかに高級品だ。

「日文さんが持って来たんですよ。結婚式の引き出物ですって」

「結婚式か。最近、呼ばれないなぁ」

信義は「いただきます」と手を合わせてから、アーモンドが一粒載《の》ったクッキーに手を伸ばし、「うま」と目を細めた。プレーンタイプを食べた美紗紀も大きく頷く。

「やっぱり大袋のクッキーとは違いますね。なんというか、ちゃんとバターの芳醇《ほうじゅん》な風味が広がります。あのホテル、ケーキやパンも美味しいって有名なんですよ。私も会社員の頃、何度か行きました」

「結婚式に呼ばれたのは久しぶりだったけど、昔のようにはしゃいだりしなかったな。普段は縁のない華やかな場所に行って目の保養をして、美味しい食事をいただいてきたって感じ。一種の体験型アトラクション」

「分かる気がしますね。若い頃はキラキラした新郎新婦に憧《あこが》れましたけど」

「金輪さんはまだこれからでしょ。いくつだっけ」

信義が二つ目のクッキーに手を伸ばした。今度はチョコチップが入っている。

「今年三十ですけど、こうして毎日仕事して、家帰って寝てって生活をしていると、彼氏とか入り込む隙ないですよね。必要ないっていうか」

「寂しいこと言うなよ」

「じゃ、店長は彼女います？」

「……いません」

「ですよねー。自分のことだけで精いっぱいですよ」

美紗紀はカラカラと笑う。

自分のことで精いっぱい。まさにその通りだ。自分のことだけでも心もとないというのに、他者に心を配る余裕などない。仕事上、お客さんには気を配っているけれど、どちらかというと、人間観察も兼ねて楽しんでいる。過去の苦い経験があるから、観察して見極めたいという思いもある。

「さて、そろそろ開店だね」

信義が湯飲みの紅茶を飲み干す。

「あ、私、暖簾《のれん》出してきまーす」

日文よりも背の高い美紗紀がいつも暖簾を出しにいく。

「今日は私がやるよ」

日文は自分から率先して入口に向かった。誰にも頼らない。さっき直人にメッセージを送った通りだ。今まで以上に強くならなくてはいけない。暖簾は意外と重いけれど、毎日一人で上げ下げしてやる。

「大丈夫ですか。無理しなくても」

「平気、平気。美紗紀ちゃんがいない時はやっているし」

三人の中で一番小柄な信義はこういう時何も言わない。もちろん店長という役職柄、美紗紀や日文がいない時は椅子《いす》を使って暖簾を掛けているらしい。できないことも、苦手なこともやっていかなければ仕事は回らない。それが日常であり、人生である。

分厚《ぶあつ》い布を垂らした長い棒を、日文は渾身《こんしん》の力を込めて頭上へと掲《かか》げた。


「小日向食堂」の客層は、昼と夜で大きく違う。

昼間は色々な人種が交ざっている雑多な印象があり、「おひとりさま」も多いが、仲間と連れだってくる場合も多く、テーブル席から埋まっていく。

近隣で働いている人もいれば、買い物がてらに訪れた近所の住人もいる。中野サンモールは商店街としても名が知れているし、その先のブロードウェイを目的に訪れた人々も買い物や食事を楽しんでいく。ここ数年は外国人観光客も多くなり、仲間たちと動画を撮影しながら雑多な賑《にぎ》わいに興奮している。

夜は一転して、地元客の割合が多くなる。どこかへ通勤していて、中野に帰ってきた人たちだ。もちろん日文の印象だが、けっして間違ってはいないと思う。

そのほとんどが「おひとりさま」で、席はカウンターから埋まっていく。それぞれがどことなく一日の疲れを身にまとい、けれどホームグラウンドに帰ってきたという安堵《あんど》がその眼差《まなざ》しに滲《にじ》んでいる。

そういうのは見て分かるものではなく、感じるものだと教えてくれたのは信義だった。さすが、店長の職に就《つ》いて十年以上というのも伊達《だて》ではない。

同じ夜でも早い時間はわりと高齢の「おひとりさま」が中心だ。作業着姿のおじいさんや、必ずビールを一杯頼むおばあさんもいて、日文はそのたびに両親よりも高齢の彼らはまだ働いているのだと軽い衝撃《しょうげき》を覚える。

もちろん健康なら働くのも悪くはないし、生きがいにもなる。けれど、それが当たり前の世になれば、いずれ訪れる自分の七十代、八十代が不安になる。そもそも日文の記憶では、両親を含めて故郷の人は自営業でもない限り、たいてい定年を迎えれば仕事に区切りをつけていたように思う。六十歳で退職した日文の父親が、その後の日々をどのように過ごしているのかは知らないが、毎日のんびりテレビでも見ているのではないだろうか。

東京はみんな働いている。きっと働かないと暮らしが成り立たないのだ。

おそらく日文もそうなる。いったい何歳まで「小日向食堂」で働けるのかと、高齢の常連客に定食を運ぶたびに考える。そして思うのだ。たとえ何歳になっても、働ける限り働いてやると。

今もベーカリーカフェで働いていれば、こんなふうには思えなかっただろう。社員もアルバイトも客層も若く、長く働けば働くほど、自分の年齢を意識したに違いない。倒産は想定外だったが、こうして定食屋に再就職でき、案外自分の人生はいい方向へと転がっているのかもしれない。

午後七時を過ぎると、急に店は忙しくなる。会社勤めの人たちがどんどん中野に帰ってくるのだ。若手も中高年も、学生らしき若者も交じっている。

ここでも圧倒的に「おひとりさま」が多く、男性が中心だが中には女性客もいる。地元の人は常連になってくれる場合が多いから、知った顔を何人も迎え入れる。

満席の時、スタッフは黙々と自分の仕事をする。店長の信義がそうだから、バイトもサボっている子などいない。キッチンには信義と美紗紀が入り、日文は学生のアルバイトとホールを担当することが多い。

自動ドアが開き、来客を告げる電子音が「ピヨピヨ」と鳴る。

日文は反射的に「いらっしゃいませ」と声を上げた。

入ってきたのはすっかり見知った中年女性の「おひとりさま」だった。週に三度は訪れる、かなりの常連客である。

カウンターが一席空いていたが、客が立ったばかりのテーブル席を急いで片付けた。カウンターの両隣が、どちらも体格のいい男性客だったからだ。

右側はビールを飲んでいて、左側は勢いよく大盛りの白米をかき込んでいる。女性は細身だが、あの二人の間では落ち着いて食事ができないだろう。日文が彼女の立場なら、やっぱりあの席には座りたくない。

日文の気遣いに気付いたのかどうか、テーブルを拭《ふ》き上げると同時に、彼女は待ち切れないとばかりに腰を下ろす。すぐに「注文いい？」と日文を見上げた。

片手でトレイ、もう片方の手で布巾《ふきん》を持っていた日文は慌てた。そうだ、このお客さんはせっかちだったのだ。時は金なり。彼女が訪れるたび、そんな言葉が頭に浮かぶ。

「少々お待ちください」

トレイを近くの台に置きに行き、急いで戻ると彼女はメニューも見ずに告げた。

「サイコロステーキ定食。ご飯は玄米、味噌汁は豚汁《とんじる》に変更」

無表情で淡々《たんたん》とした口調《くちょう》。彼女はすっかりメニューを記憶していて、今夜はコレを食べようと決めてくる。ぞんざいな態度だが、いつもブレない潔《いさぎよ》さは清々《すがすが》しいほどだ。

「かしこまりました」

日文は笑顔で応対する。

彼女は肉を好み、食事でしっかりとカロリーと栄養を摂取しようという姿勢が明らかだ。きっと忙しい仕事をしているのだろう。いつも目元には険《けん》があり、うかつに声をかけられない雰囲気を漂わせている。それで結婚は後回しになり、今も一人住まい。自炊よりも効率よく外食で済ませるタイプ。

勝手に想像を膨らませた日文は、心の中で彼女を「肉食女子」と呼んでいた。

学生アルバイトが、さり気《げ》なく日文の横で言った。

「あの人、よく来ますね。独身なのかな。ちょっと寂しいですよね」

「お客さんの話題は禁止。どこで耳に入るか分からないでしょ。ほら、レジに行って」

「はぁい」

ふと思った。自分もいずれは彼女のようになるのだろうか。

一人で食事をすれば「寂しい人」だと思われる。別にそれでもいいけれど、その時自分は、はっきりと「寂しくない」と言えるだろうか。

サイコロステーキの女性は、姿勢よく茶碗を持ち、力強く玄米を咀嚼《そしゃく》している。食べる姿もやっぱり潔い。


「小日向食堂」のラストオーダーは午後十時、閉店はその三十分後である。

この夜の最後の客は閉店時間の五分前に席を立ち、会計を終えた日文は見送りに出た足で暖簾を下ろす。下ろすのは、出す時よりもずっと楽だ。

最後まで残っていたスタッフは、朝と同じ顔ぶれで信義と美紗紀、日文である。今日のバイトたちは短時間の勤務を希望していて、すでに全員帰宅している。

この界隈はどうにもアルバイトが集まりにくい。飲食店に限らず、これだけ店が密集しているのだから当然と言えば当然だが、「小日向」の時給は他店よりも安く、店内に貼りっぱなしの募集ポスターもシンプルすぎてまったく魅力を感じない。つまり本社の怠慢《たいまん》なのである。とはいえ、現場の切迫感が本社に伝わるはずもなく、売上さえ順調ならば、すべてが順調だと捉《とら》えられがちだ。

おまけに、生《き》真面目な信義は本社からも信頼されていて、この地区の店舗を任されているエリアマネージャーさえ、めったに中野店を訪れない。かといって、信義が何も不満を持っていないわけではない。ただ、その不満を本社にぶつけるだけの理屈をいちいち考えてしまうのだ。

人員不足は明らかで、店をやりくりするのはいつも同じ顔ぶれである。信義と美紗紀、そして日文。でも、このメンバーがいいのだ。ベテランだから効率がいいし、二人とも普段はマイペースなくせに、仕事には手を抜かない。おかげでこの夜も、アルバイトと閉店作業をするよりも二十分ほど早く店を出ることができた。終電まではまだ時間があるが、遅い時間の二十分は大きいのである。

「お疲れさま」

「お疲れー」

「また明日」

信義は中野、美紗紀は吉祥寺、日文は三鷹。それぞれのアパートへと帰っていく。信義とは中野通りに抜ける横道の前で別れ、日文たちはまっすぐ駅へ向かう。

下り方面の中央線はこの時間いつも混んでいる。無理やり乗り込むと、美紗紀が「日文さん」と呼んだ。向き合った顔が近い。ヒールを履いているせいで、完全に見下《みお》ろされる。

「常連の女の人、今夜も来ていましたね。サイコロステーキの」

「肉食女子」のことだ。キッチンにいた美紗紀も気付いていたのだ。少ない人数でやりくりする「小日向」の店舗は、キッチンとホールがお互いの状況を把握できるよう、キッチンはほとんどオープンになっている。

「来たね」

「前はハンバーグと唐揚《からあ》げのセットでしたね。いつも肉。カッコいいですよね。私もあの年代になっても、ガツガツ肉を食べるような女でいたいなぁ」

「分かる。愛想《あいそ》はないけど、私、あのお客さん、結構好き。なのに、バイトの子は寂しいですねって言うんだよ。私は潔いって思っているのに」

「若いからなぁ。一人の良さが分からないんですよ。私、前から疑問に思っていたんですけど」

「何？」

「ウチの会社、お客さんが来たら『いらっしゃいませ、何名様ご来店でーす』って言うじゃないですか」

「うん。他のスタッフに知らせるためにね」

「二名様、三名様は分かりますよ。でも、問題は一人で来たお客さんです」

日文はハッとした。

「マニュアルでは『一名様』も『おひとりさま』も禁止で、『お客様ご来店です』って言うようになっていますよね。どうして『一名様』や『おひとりさま』はダメなんですか。わざわざ一人で来たことを周りに知らせるのは、そのお客さんに対して失礼ってことですか。それって、『おひとりさま』に対して、いらぬ気遣いだと思うんです。別にお客さんは気付いていないかもしれないですけど、私、ずっとモヤモヤしているんですよね」

確かにそうだ。「おひとりさま」は、そこまで自分が「おひとりさま」であることを意識していない。それこそ余計なお世話というものだ。世間は「おひとりさま」をそれほど憐《あわ》れんでいるのだろうか。

「ま、別にどうでもいいことなんですけど。私、あのお客さんが来ると、どうしてもこのことを考えちゃうんですよ」

美紗紀はそれきり黙り込んだ。うまい具合に乗車口近くの立ち位置に入り込み、窓の外にどこまでも続く家々の明かりを見つめている。地平線や水平線という言葉があるが、中央線に乗っていると、まさに家々が連《つら》なった先の地平線を見る思いがする。

あっという間に吉祥寺に到着し、美紗紀は押し出されるように下りていった。

あと一駅で三鷹だが、日文はポケットからスマホを取り出した。

朝、直人にメッセージを送ってから、何となく怖くて一度もロックを解除していない。

スマホはメッセージや着信を知らせる点滅を繰り返している。

思い切ってパスワードを入れてロックを解除した。画面に指を滑《すべ》らせる。

入っていたのは母親からの着信だった。

直人からの返信だと思って身構《みがま》えていた日文は一気に力が抜けた。

そういえば、先週から毎日着信がある。いずれも仕事中のものだからかけ直していない。毎回、着信は一回きりだから、どうせ大した用事もないのだろう。

いつものことである。だからうんざりするのだ。

最近連絡がないが元気にしているのか。

次はいつ帰ってくるのか。

こちらに戻って就職する気はないのか。

毎回、同じようことを言われる。

面倒だから着信に気付いてもかけ直す気にはならない。

それでも後味《あとあじ》の悪い気持ちにはなる。今夜もそれを噛みしめながら電車を下りた。

ふと、空腹に気付く。駅の構内には様々な店が入っているけれど、この時間はどこも閉店している。開いているのは帰り道にあるコンビニだけだ。

昨日は披露宴で久しぶりに高カロリーなフレンチを食べたので、今日の賄いは控えめにしようと鯖《さば》の味噌煮定食にした。食べたのは夕方。午後十一時を過ぎた今はすっかり空腹である。やはり煮魚では腹持ちが悪かった。

頭の中にコンビニのレジ横のホットスナックが浮かぶ。どうして空腹の時は高カロリーなものを欲してしまうのだろう。それでは賄いを煮魚にした意味がない。それにこういう時は、ついよけいなものまで買ってしまう。一人で生きていくと決めた今、これまで以上に無駄遣いをしないように気を付けねばいけないのだ。

そうだ、豆腐だ。冷蔵庫の豆腐で味噌汁を作ろう。汁物はお腹に溜《た》まる。これしかない。

誘惑を振り払って、コンビニの前を通り過ぎた時、ポケットでスマホが震えた。

恐る恐る画面をタップすると、今度こそ直人からのメッセージだった。

『お疲れさま。今頃、仕事帰りかな』

そうだよ、と心の中で答える。

すぐに次のメッセージが送られてくる。

『昨日はありがとう。母も日文に会えて喜んでいた』

『メッセージ見たよ。日文らしいと思った』

『これまでみたいにすぐに駆《か》け付けることはできないけど、相談には乗れるから』

『無理はしなくていい。でも、いつか日文にも頼れる人ができることを願っています』

色々と考えながら、メッセージを送ってくれていることが分かる。

どう返すべきか悩む。何を書いても、言い訳のようにも、強がっているようにも思われてしまいそうで、「大丈夫」という意味合いのスタンプを送った。

スタンプは便利だ。本心を悟《さと》られず、相手には安心を送ることができる。

もう直人には連絡をしないと決めていた。

北海道に転勤し、奥さんもいる直人に、いったい何を話すというのだろう。これまでの関係は、お互いに一人暮らしで近くにいるというのが大前提だったのだ。

スマホをポケットに入れ、さらに住宅街の奥へと続く角を曲がる。正面に三階建てのアパートが見えてきた。各階三部屋ずつの三階建て。二階の左端《はし》が日文の部屋だ。

「あれ」

右隣の部屋に明かりが点いている。今年の初めから空き部屋になっていた部屋に、誰かが越してきたらしい。以前の隣人は若い女性だったが、まともに会話をしたことはなかった。いつの間にか引っ越してきて、いつの間にかいなくなっていた。

日文が大学入学と同時にこのアパートに越してきた時は、母親と一緒に隣の部屋に挨拶《あいさつ》に行ったものだが、あれから十八年も経ち、単身者用のアパートではそんな慣習は忘れ去られようとしている。1Kのこのアパートに長く暮らしているのも日文くらいのもので、周りの住人はどんどん替わっていった。挨拶はなくても、それくらいは分かる。

駅からおよそ八分、東向きの角部屋。南側にはマンションがあり陽当《ひあ》たり良好とはいえないが、朝日が入るのは気持ちが良い。広くもなく、セキュリティとは程遠い。それでも日文には十分だった。何よりも大学に入学が決まったあの時、親に贅沢《ぜいたく》を言うことなどできなかった。弟の伊吹《いぶき》も数年後には大学受験を控えていた。合格すれば実家を出るに決まっている。

もちろん就職と同時に仕送りはなくなったが、社会人になりたての日文でも、ここの家賃なら何とか払っていくことができた。

社会人となってすでに十年以上が経った。より良い住まいを、と考えなくもないけれど、引っ越しの手間と出費を考えれば、このままでいいと思ってしまう。今では契約更新のたびに、大家さんから「長く住んでくれてありがとう」と感謝をされるほどだ。

隣の空き部屋に誰かが越してきたからといって、日文の生活に変化があるわけではない。ただ、帰宅した時に明かりが見えるのは、たとえ隣室とはいえ何やらホッとする。

部屋に入った日文は、手を洗ってから冷蔵庫を開けて豆腐のパックを取り出した。冷凍庫には刻んだネギが入っている。一人ではネギ一本でも持て余すことがあるのだ。食べきれない野菜を刻んで冷凍しておけば、ちょっと料理をする時に役に立つ。

熱々の味噌汁を作り、豆腐でお腹をいっぱいにする。もしも誰かが一緒にいたら、「夜食は豆腐の味噌汁だけ?」と幻滅されるだろう。好きなものを好きな時に、好きなだけ食べられるのも一人暮らしの特権だ。

お椀《わん》ではなくどんぶりになみなみと味噌汁を注ぎ、学生時代から使っている座卓の前に座る。「小日向食堂」の味噌汁のようにしっかり出汁を取ったわけではないけど、顆粒《かりゅう》だしには顆粒だしの美味しさがある。湯気《ゆげ》を上げる味噌汁を前に、日文は「いただきます」と手を合わせた。ずずっとすすると、大豆の風味が口いっぱいに広がった。

「あー、生き返る」

包丁を使わず、手でちぎった絹《きぬ》ごし豆腐は熱々である。

「うわっ。舌《した》ヤケドしたー」

家にはいつも一人。つい独《ひと》り言《ごと》を漏らしてしまう。そのたびにハッと我に返るが、別に気にする必要もない。

最初はヘルシーな夜食に満足していたものの、勢いよく立ち上がると冷蔵庫に向かった。やっぱりもの足りない。量の問題ではなく満足感だ。そう。こういう時は。

日文は自家製の「食べるラー油」が入った容器を取り出して、六畳間に戻った。

フライドオニオンとフライドガーリック、砕《くだ》いたアーモンドにごま油、コチュジャンなどを混ぜて作った万能《ばんのう》調味料をザラザラと味噌汁に投入する。おかずがない時、これさえあればご飯が進むと思って、前回の休日に作ったものだ。

日文はメインとなる料理よりも、ちょっとした副菜を作るのが好きだ。日持ちのする、そういうものでいっぱいになった冷蔵庫を眺めてニンマリするのが至福《しふく》なのである。とはいえ、直人が来なくなってから張り合いがなくなったのも事実である。

やわらかな豆腐をフライドガーリックと一緒にガリガリと噛みしめる。味噌汁から立ち上るごま油の香りが食欲を刺激する。鍋に残っていた味噌汁を全部どんぶりに注ぐ。油が浮いて赤く濁《にご》った味噌汁は、お世辞にも美味しそうとは言い難い。でも、それをとやかく言う人は誰もいない。それが「おひとりさま」なのである。

日文は細々としたレシピも「おひとりさまノート」に記すことにした。十年後、二十年後も飽きずに食べ続けられる好物だけのレシピ集だ。このノートが、そうやって日文に役立つ情報だけで埋まっていくのが嬉しくてたまらない。

相変らずガリガリと味噌汁を噛みしめながら、ふと思った。

そうだ。母親からの電話への言い訳も何種類か考えて、「おひとりさまノート」に書いておこう、と。つまり、毎回帰省しない理由を考えるのが面倒なのである。

その翌日、学生バイトたちと夜の営業を終えた日文が「小日向食堂」の入口に鍵《かぎ》を掛けたのは普段よりもずっと遅い時間だった。

「疲れた……」

思わず声が漏れる。この日は信義も美紗紀も休みだった。同じ仕事でも、一緒に働くスタッフによってこんなにも疲労度が違う。

今日こそは実家に電話をしようと思っていたのに、結局できなかった。

あまりにも先延ばしにすると、母親も心配するだろうし、意地になって、ますますしつこく電話をしてくる。現に今日も着信履歴が残っていた。なにせ、両親ともに時間を持て余している。母親の頭には、日に三度の食事の献立《こんだて》とテレビの番組表、あとは実家を出た子どもたちのことくらいしかないらしい。そう思うとさすがに心が痛む。

日文と弟の伊吹が進学のために実家を出た時、母親はまさか二人とも故郷に帰ってこないなんて考えもしなかっただろう。

日文も伊吹も、明確な将来のビジョンがあって実家を出たわけではなく、両親もその先を考えて進学を許したわけではない。ただ、大学くらいは出ておいた方がいいという、ざっくりとした考えがあっただけだ。もちろん日文は故郷を離れるための進学だったが、それを両親に話したことはなかった。

すんなりと子どもたちが実家を出ることができたのは、それなりの金銭的余裕があったからだろう。父親は当時では珍しい一人っ子であり、住んでいた家は早くに亡くなった祖父母のものだった。かといって父親は甘やかされて育ったボンボンというわけではなく、東京の大学を卒業した後、地元にUターン就職した堅実な公務員だった。

考えてみれば、実家に電話ができなかったのも、バイトに店を任せるのが不安で、まともに休憩が取れなかったせいなのだ。

日文は疲れた足を引きずりながら、コンビニの明かりに吸い寄せられていく。くたびれた。今日くらいはコンビニに寄っても許されるはずだ。

「らっしゃいませー」

眩しい照明。どこかのバンドで、ギターでもやっていそうな店員の明るい声。それだけで少し元気をもらった気分になる。

お弁当の棚に行き、カルボナーラに手を伸ばす。半熟卵の載ったカルボナーラ。今夜はこれしかない。でも、どっちにしよう。同じ商品でも、微妙な卵のサイズ感やブラックペッパーのかかり具合で横に並んだ二つを迷う。

すぐ隣に人の気配を感じ、日文は焦って横にどいた。邪魔だっただろうか。

チラリと横を見て動けなくなった。たらこスパゲッティに手を伸ばした人物はずいぶん背が高い。パーカーのフードをすっぽりと被った姿にハッとした。

この人、電車も一緒だった！

フードのせいで顔は見えないが、背が高く、痩せて薄っぺらな身体はかなり目立っていた。苦手な体型だった。日文は三鷹に着くまで、わざと視線を逸《そ》らしていたのだ。

まさか同じ駅で降りて、同じコンビニに入るなんて。

ふと、大学生の頃に待ち伏せされた記憶が蘇《よみがえ》る。この体型。そして夜道。

日文はカルボナーラを摑《つか》んでレジに行くと、急いで会計を済ませて外に出た。

レジ袋がカサカサと音を立てる。たまたま方向が同じだけ。そう言い聞かせるが、ずっと昔、小学生の頃に経験した恐ろしい思いはいつまでも記憶に刷《す》り込まれていて、簡単に消えはしない。

何度も角を曲がり、住宅街の奥に入っていく。

人通りのない夜の住宅街を、怖いと思ったことはこれまでに一度もなかった。むしろ誰にも会わないほうが安心できた。それなのに今は怖くてたまらない。

この時間に人と会うことはめったにないのに、今夜は後ろから足音が聞こえる。コンビニで会った背の高い人物に違いない。本当に日文をつけているのか分からない。けれど人《ひと》気《け》のない夜道で、後ろを誰かが歩いているというだけでも十分に恐ろしい。

日文はとっさにスマホを取り出した。誰かと通話するフリをすれば、相手が怯むかもしれない。いや、フリではなく、誰かの声が聞きたい。

直人。とっさにそう思ったが、新婚の直人にこんな時間に電話などできない。歩く速度はそのままに、日文の指がスマホの画面を滑る。声が聞きたい。繋がっていたい。

「もしもし？」

 聞こえてきたあまりにも場違いな声に、日文の足から力が抜けた。

 耳慣れた母親の声。すでに布団に入っていたのか、寝ぼけたように間延びしている。

　とっさに押したのは、通話履歴の一番上にあった母親の番号だったのだ。

　息が切れる。その荒い息遣いが、スマホを通して伝わったらしい。

『何、あんた、まだ外にいるの？　仕事帰り？　気を付けて早く帰りなさいよ。いくら私がしつこく電話したからって、こんな時間にかけてこなくてもいいのよ。どうせ大した用もないんだから。ちょっとどうしているのか気になっただけよ。明日も仕事なんでしょ。さっさと帰って寝なさいよ。あ、食べるものはちゃんと食べるのよ』

　こちらから電話をしたというのに、まるでマシンガンのように一方的に話してくる。

「なんだ、やっぱり大した用事じゃないんだ……」

　息を切らしながら言う。

『用事がなきゃ、娘に電話もしちゃいけないの？』

　ぶっきらぼうな言葉が返ってきた。

「そんなことない。また、色々うるさく言われるのかと思った」

　途中で息をつきながら会話を続ける。

『ああ、そりゃ、言うわよ。だって心配だもの。でも、半分は声を聞く口実《こうじつ》よ』

「そうなの」

『そりゃそうよ』

少し笑う。視線の先にアパートが見えた。あと少しだ。このまま入口側に回り込んで、そのままダッシュ。階段を駆け上り、部屋に入らなくては。

電話のせいで後ろの気配は分からない。まだ付いてきているのだろうか。

曲がり角が近い。速度を速める。曲がった瞬間、走り出す。

『もうすぐ家？　戸締《とじま》り、ちゃんとするのよ』

「うん」

息を切らしながら、外階段を駆け上る。

電話の向こうの母親の声と、日文の直面している現実のアンバランスさ。しかし、それにも気づかぬほど日文も必死である。

鍵を開け、部屋に滑り込む。素早く施錠《せじょう》し、玄関の壁に凭《もた》れた。

「家に着いた……」

『そう。じゃ、さっさと寝なさいよ。おやすみ』

あっさり切れた。もしかして、家に着くまで付き合ってくれていたのかもしれない。

「……おやすみ」

通話を終えたものの、そのまま動けなかった。荒い息をしながら、外の様子を窺う。

おそらく後ろの人物には、日文がこのアパートに入ったことは気付かれなかったはずだ。けれど、まだ動悸《どうき》が収まらない。すぐに部屋の電気を点けないほうがいいだろう。そもそも相手が自分を追ってきたのかも分からないが、用心するに越したことはない。だって、これからは何が起きても一人なのだから。

その時だ。外階段を上がってくる足音がした。

思わず日文は悲鳴を上げそうになる。

口元に手を当てて息を殺す。

階段は三階まで通じている。このまま二階を通過することを願ったが、そうはならなかった。足音は廊下を進んでくる。恐ろしくて、ドアスコープを覗《のぞ》くこともできなかった。

足音は日文の部屋の手前で止まった。鍵が開く音が聞こえ、パタンと閉じる音、内側から施錠する音が続いた。違う部屋とはいえ、造《つく》りは同じだから日文には聞き慣れた音だ。

「……お隣さんだったの……?」

こんな偶然があるのだろうか。おそらくコンビニで見かけた、ひょろっと背の高い人物。あの人が壁の向こうにいる。

怖い。もう一度スマホに手を伸ばすが、さすがにかけられない。

日文は気配を悟られないよう、静かに部屋に上がり、そっとカーテンを引いた。

食欲はすっかりなくなっていたので、カルボナーラは冷蔵庫に入れた。

バスルームに向かい、シャワーを浴びる。背中にじっとりと嫌な汗をかいていた。薄い壁の向こうが気になって、いつまでも眠ることができなかった。

翌日も美紗紀は休みで、信義と閉店業務を行った。前日よりも早くに店を出て、この時間なら大丈夫だろうと周りを気にしながらアパートに向かう。手にはスマホを握りしめている。足早に住宅街を歩きながら、昨夜のカルボナーラを温めて食べようと考えて心細さを紛らわす。

幸《さいわ》い前後左右に人の気配はない。いつもの静かな住宅街だ。

やはり昨日は、色々な偶然が重なってしまったのだろう。

正面にアパートが見えてくる。気を緩めて視線を上げると、隣の部屋の窓には明かりが灯《とも》っていた。今夜はすでに部屋にいるのだ。

本当にあの人物がいるのか分からないが、毎日夜遅くに帰宅することを気付かれないほうがいい。今夜もこっそりと部屋に入らなければと、ポケットの中の鍵を握りしめる。

アパートの正面を通過する。日文の目は、監視するように隣人の部屋のベランダに釘付《くぎづ》けになっている。ふと、カーテンの向こうで人影《ひとかげ》が動いた。背の高い細身のシルエット。やっぱりあの人物だ。

カーテンが開き、日文はとっさに顔を逸らした。気付かれただろうか。恐怖は沸点《ふってん》を越え、日文は角を曲がってもアパートには入らず、スタスタと夜道を歩き続けた。玄関の前で待ち伏せされたらたまらない。どこかで時間を潰《つぶ》して、気付かれないように部屋に帰らなければ。

身体が丸ごと心臓になったように、速い鼓動が全身に響いている。顔がこわばっているのが分かる。この感じ。いったい、何度この恐怖を味わわねばならないのか。

大通りに抜けた日文は、目に付いたコンビニに入り、隅々《すみずみ》まで店内を眺めて時間を潰した。家に着くのはいつもよりもずっと遅くなってしまうが、あのままアパートに帰る気にはなれなかった。

スナック菓子とビールを買い、普段は通らない道を通ってアパートに帰る。このルートならベランダのある正面を通らなくてすむ。足を忍《しの》ばせて階段を上り、静かに鍵を開けた。音がしないように慎重に施錠する。

いったい自分は何をしているのだろう。

こんな時、直人がいれば、どこかで待ち合わせて送ってくれたかもしれないし、直人の家に泊めてもらうことだってできた。一人で心細い思いをしないで済んだ。

怖さと悔《くや》しさ、そして悲しさからか、涙がこみ上げてくる。それがまた悔しくて、涙が止まらない。

ハッと顔を上げた日文は、足音を殺すことすら忘れて、六畳間に駆け込んだ。

クローゼットを開けて、普段は開けない衣装ケースを引っ張り出す。

確かこの中にあったはずだ。

奥のほうから引っ張り出したのは、男物の靴下とトランクス。どちらも直人のものである。ただし、直人も身に着けたことのない新品だ。

出会った頃、日文がカフェの前で男に待ち伏せされたのを心配した直人は、「女性の一人暮らしだってバレないように、ベランダに吊《つ》るしておけばいい」とわざわざ持ってきてくれたのだ。お互い、東京に出て来たばかり。新品の靴下と下着は、母親が息子のために持たせたものだったはずだ。それを直人は日文にくれた。

今、日文は、縋《すが》るような気持ちでそれらをピンチハンガーに吊るす。

ガラッと窓を開け、ベランダの物干し竿《ざお》に引っかけた。

これはお守りである。

ゆらゆらと揺れる靴下と下着を眺め、もうこれで大丈夫、と自分に言い聞かせた。

これを外に吊るさなくなったのはいつからだろう。

半年くらいは外に出していたが、東京の生活にすっかり慣れると、だんだん面倒になってきた。けれど、捨てることができなかった。できるはずがなかった。

二十年近く経って、また使う日が来るなんて。

隣のベランダからは直接見えないが、もしも本当に相手が日文の動向を窺っているのなら、外に出た時にこのベランダを見上げるはずである。

それからは、毎日ピンチハンガーをベランダに出したまま仕事に行った。

男物の靴下と下着だけが干されているのは明らかに不自然だが、むしろその不自然さの意味に気付いてもらいたかった。

信義と美紗紀には何も話さなかった。

若くもないのに自意識過剰だと思われるのも恥ずかしかったのだ。

直人になら話せた些細《ささい》なことも、職場の同僚にはそうはいかない。

親しいようでも、プライベートに深く踏み込んだ会話をしたことがない。

その夜は帰宅途中にコンビニに寄った。

注意深く店内を窺うが、背の高い客はおらず、安心して鯖の塩焼きと缶ビールを買った。缶はいざとなれば武器になる。

角を曲がり、人通りのない深夜の住宅街を歩く。ガサガサとレジ袋が鳴る。

アパートが近づいてくると、いつものようにベランダを見上げた。

隣室には明かりが点いていた。相手が部屋にいるのなら、後ろを心配する必要はない。

自分の部屋のベランダに揺れる靴下と下着のシルエットを確認し、もう一度隣室を見上げる。この前のように、また窓辺《まどべ》に出て来るかもしれないから、最後まで気は抜けない。

「え」

隣室のベランダでも何かが揺れていた。

物干し竿から吊るされたいくつもの丸っこいシルエット。日文のフェイクの洗濯物に対抗するかのようにぶら下げられたものは、タマネギとニンニクのようだった。

何？　まさか相手は吸血鬼《きゅうけつき》でも恐れているの？

笑い出しそうになるのをこらえ、日文はその夜も足音を忍ばせて階段を上がった。

部屋に滑り込み、音を立てないように慎重に施錠する。

隣人のおかげで身に付いた、アパートの階段から玄関までの素早い身のこなしは、まるで忍者のようだと自分でも感心する。

いったい隣人は何者なのだろう。


「何かされたっていうわけではないんですよね。別に気にしなくていいんじゃないですか」

とうとう職場で怪しい隣人のことを相談したものの、美紗紀にあっけらかんと言われ、日文は少しばかりショックを受けた。

美紗紀は日文よりも若く、目鼻立ちの整った顔をしているから、こういうことにはずっと敏感だと思っていた。やっぱり自意識過剰だと呆《あき》れられただろうか。

「美紗紀ちゃんは静岡《しずおか》出身だよね。一人暮らしで怖い思いとか、したことないの？」

「まったくないですね。不便だなって思うことはありますけど、怖いことは全然ないです」

さすがだ。世代が違うから、というより、美紗紀の精神が屈強なのか。

「不便に思うことって何？」

「食事が自動的に出てこないことと、洗濯も掃除も自分でしなきゃいけないところですね」

「どれだけ甘やかされて育ったんだ」

思わず突っ込みを入れたが、日文も実家にいた頃はすべて母親任せだった。勉強、部活。中学や高校の生活もそれなりに忙しく、ほとんど家事を手伝った記憶はない。

キッチンの仕込みを終えた信義も話に加わった。

「でもさ、隣にどんな人が住んでいるかって気になるよね。ウチ、古い木造アパートだから音が気になるし、隣のオッチャン、ベランダで煙草《たばこ》を吸うから、僕の洗濯物が時々臭《くさ》くなるのは困る」

「それ、最悪じゃないですか。言ってやったらどうですか」

「え、でも逆恨《さかうら》みされたら嫌だし」

「どんなオッチャンなんですか」

「ゴミの日に、空《から》になった焼酎《しょうちゅう》のデカいペットボトルを何本も捨てている」

「うわ、ちょっと関わりたくないオッチャンかも」

「でしょ。大家さんを通しても、煙草の煙《けむり》って言えば隣の部屋の僕だってバレるし。絶対に関わりたくないタイプ」

信義はぶるっと身体を震わせた。まるで小動物が怯えているように見える。

信義に比べれば、確かに日文は隣人から実害を受けたわけではない。

「……気にしすぎなのかな」

「しすぎ、しすぎ」

美紗紀が軽く笑う。その笑顔に少しだけ腹が立った。

何も知らないくせに。

日文がなぜ長身で細身の男を恐れるのか。

それは「ギドー」の存在である。

日文は小学四年生の夏、嫌な経験をした。今でも手を握られて歩いた、故郷の街の河原《かわら》を思い出すと気分が悪くなる。

『ちょっと案内してもらえませんか』

優しげな笑みを浮かべ、丁寧《ていねい》な言葉で後ろから近づいて来た痩せた男。

日文は、すっかり信じてしまったのだ。

「ギドー」とは、日文の通う小学校で噂《うわさ》になった怪人物《かいじんぶつ》の呼び名である。いい年をした大人の男が昼間から街中をフラフラと歩き回り、子どもに声を掛けて連れ去ろうとするらしい。何かのきっかけで語られた噂が広がるにつれ、尾《お》ひれ背びれがついて、ちょっとした怪談のように学校中に広がったのだ。

日文が出会ったのが本当に「ギドー」だったのかは分からない。でも、あの時の記憶は故郷の風景とワンセットになって、忌《い》まわしいものとして日文の心に刻まれている。

飲食店という不特定多数の客が出入りする環境で、日文はたくさんの男性客を見てきた。相手は苦手な異性とはいえ、そこには客と店員というフィルターがあった。

唐揚げ定食を、鯖の味噌煮定食を、無心に食べる男性客をさりげなく眺め、その人物像を想像する。食事をする時の人は無防備《むぼうび》だ。その姿に人間性のすべてが集約されている気がして、日文はそこで得られる安心をもとに、かつての記憶を克服しようとしていた。

しかし、どうしてもあのシルエットだけは全身の感覚が拒《こば》んでしまう。

自分の思考に集中するあまり、日文は今朝《けさ》のおやつのアーモンドチョコを無心に嚙み砕いていた。

「日文さん、そんなに食べると、鼻血が出ますよー」

美紗紀に言われて我に返る。

チョコは残りあと二粒しかない。信義はそのうちのひとつをつまんだ。

「でもさ、泊さん」

くりっとした瞳《ひとみ》に見つめられ、思わず日文は姿勢を伸ばした。

「何かあったら遠慮《えんりよ》せずに相談してよ。全部に力になれるわけじゃないかもしれないけど、聞くことはできる。同じ職場で何年も一緒に働いてきた仲じゃない。金輪さんもだよ。社員じゃないのに僕らと同じくらい頑張ってくれて、本当に感謝しているんだ。仲間だって、僕は思っている」

「店長……」

「僕も男だし、いざという時、役に立つかもしれない。何なら三鷹まで送るよ?」

チョコをつまんだまま、信義は上目遣いに日文を見る。何と愛くるしい表情だろう。何かにつけ庇護欲《ひごよく》を掻《か》き立てられる信義が、この時ほど頼もしく思えたことはなかった。

「ありがとうございます、店長。そういう時は助けを呼びます!」

その横で、最後のチョコを口に放り込みながら美紗紀が言った。

「あ、日文さん。たぶんですけど、私のほうが店長よりもずっと頼りになりますよー」

「美紗紀ちゃんもありがとう。何だか勇気が湧いてきた。っていうか、私の思い込みだった気がしてきた」

もっと早くに相談していればよかった。直人にばかり頼り過ぎていたせいで、周りに頼ることを忘れていたのかもしれない。日文は空になったチョコの箱を捨て、暖簾を上げるために入口に向かった。

問題が解決したわけではないが、同僚に話すことで日文の心はだいぶ軽くなっていた。

「幽霊の正体《しょうたい》見たり枯《か》れ尾花《おばな》」とは、きっとこういうことなのだろう。

気分が晴れたせいか、今日はことさら接客も楽しく感じる。どんなお客さんでもどんと来い。そういう心境だった。

昼も夜もそれなりに忙しく、忙しさは充実感にも繋がって、時間を忘れさせてくれる。

自動ドアが開き、センサーが反応して「ピヨピヨ」と電子音が鳴った。

入ってきたのは常連の「肉食女子」だった。「お客様ご来店です」は端折《はしょ》って、片付けたばかりのテーブル席に案内する。案内したそばから、「お決まりですか」と訊《たず》ねる。案《あん》の定《じょう》彼女は、メニューも見ずに言った。

「ロースかつ定食、ご飯は玄米ね」

「かしこまりました」

今夜のキッチンは信義と美紗紀だから料理提供が早い。オーダーの順番通り、鮮《あざ》やかな手際《てぎわ》で注文をさばいていく。

メインを盛り付けるまでがキッチンの仕事で、ご飯と味噌汁、サイドメニューの漬物はホールのスタッフがお盆にセットする。店内は食事中の客と料理の提供を待つ客が半々の割合。食べ終わりそうな客はいないから、しばらくレジを気にする必要はない。

日文はデシャップ台の前で料理が出てくるのを待った。

信義がフライヤーからきつね色のロースかつを引き上げるのを見て、茶碗に玄米ご飯を盛り付ける。まな板の上でカットされるとんかつが小気味いい音を立てている。山盛りのキャベツの横にそれが載せられるのを見て、日文は「小日向食堂」自慢の味噌汁をよそう。

玄米ご飯、ロースとんかつ、ワカメと油揚《あぶらあ》げの味噌汁、あらかじめスタンバイしていた今日の小鉢《こばち》の中身はひじき煮。それらを載せたお盆を「肉食女子」のもとに運ぶ。

「ロースかつ定食、お待たせいたしました」

伝票を置き、すぐに下がる。次の料理を待つためキッチンの前に戻り、チラリと彼女を見る。

彼女は最初に味噌汁を一口すると、すぐにロースかつに箸を伸ばした。一切れに齧りつき、あら、という感じで目をわずかに見開く。何度か咀嚼した後、口元にはくっきりと笑みが浮かんでいた。いつもは無愛想なのに、ロースかつを食べながら笑っている。

彼女には分かったのだ。今日はフライヤーの油を交換したばかり。きれいな油で揚げた揚げ物は、色も香りも食感も違う。

彼女は片手に茶碗を持ち、黄金色《こがね》のとんかつを齧っては大切そうに咀嚼している。

いつも無愛想。仕事が忙しいために自炊ではなく食事も外食で済ませがち。肉を好み、消費したカロリーを補《おぎな》うために食事をしているかのように見えた彼女は、頑張った自分のために、一日を締めくくる食事を幸せそうに味わっている。

きっと、これまでもそのために「小日向食堂」に通ってくれていたのだ。

やっぱりカッコいい。

自分のスタイルを貫《つらぬ》く彼女の潔さに、日文はいつも惚れ惚れとしていた。

その一方で、人生の大切なものをいくつか置き忘れたまま、年齢を重ねてしまったのではないかと、勝手に一抹《いちまつ》の寂しさも感じていた。その寂しさは、まさに日文が今後の自分を考える上で、もっとも危惧《きぐ》しているものでもあった。

けれど、けっしてそうではない。彼女は、間違いなく今の自分を楽しんでいる。義務的な食事ではなく、食べたいものを食べるためにここを訪れる。

玄米を一粒も残さず食べ終えた彼女は、その後スマホを開いて時間を潰す、などということはせず、毎回すぐに席を立つ。湯飲みにはお茶の一滴も残っておらず、出されたものはすべて彼女の生きる糧《かて》として吸収されている。

レジで伝票を受け取り、会計を終える。レシートを手渡し、「いつもありがとうございます。お気を付けて！」と心からの感謝を伝えた。中にはこういう挨拶を嫌うお客さんもいて、彼女は絶対にそのタイプだと思っていた。だからこれまで声をかけなかった。でも、完全に私の判断ミスだ。彼女は間違いなく「小日向」の大ファンだ。

会計時もきまって視線を合わせない彼女は、「覚えられていたんだ」と言うように顔を上げた。その瞳には驚きの色がある。

週に何度も通ってくる客を覚えないわけがない。いつもスタッフは客を気にかけている。居心地の悪い思いをしていないか、ちゃんと美味しいと思ってくれているか。それが、スタッフと客との関係なのだ。

「美味しかったわ」

彼女は少しだけ笑って、夜のアーケード街の賑わいに紛れていく。

「美紗紀ちゃん、あの常連さんに初めて『美味しかった』って言ってもらえたよ」

店内が落ち着いた時を見計らい、日文はキッチンにいる美紗紀に報告した。さすがに「肉食女子」とは呼ばない。

「よかった、今夜のカツ、美味しそうに揚がっていましたもんねー。今夜はカツに限らず、揚げ物は全部美味しかったと思いますけど」

そういう美紗紀は、賄いに唐揚げ定食を食べていた。フライヤーの油交換のスケジュールを把握しているスタッフは、たいてい油がきれいなタイミングで揚げ物を賄いにする。

「それにしても、アベカワさんの笑顔なんて、日文さんは良いモノ見ましたね」

「アベカワさん？」

美紗紀がサラリと口にした名前を日文は聞き逃さなかった。

「あれ？　あのお客さん、アベカワさんっていうんですよ。日文さん、知りませんでした？」

「知らないよ。知りようがないじゃん。えっ、どういうこと？」

「クレジットカードですよ。あの人、いつもカード払いじゃないですか。この前、たまま読み取りが悪くて、私が預かってICチップを磨《みが》いたんです。その時に」

最近は決済方法が色々あり、クレジットカードでもタッチ決済が多いが、「小日向食堂」はカードを差し込むという方法だ。

日文が驚いていると、何でもないことのように美紗紀は言った。

「何度も来てくれるお客さんですからねー、せっかくだからお名前も知りたいじゃないですか。それが礼儀《れいぎ》ってものですよ」

「スナックのママかよ」

思わず突っ込みを入れると、美紗紀は笑う。

「さすがに本人の前では呼びませんよ。怪しまれても嫌ですから。ほら、私たちだって、名札《なふだ》を付けているじゃないですか。おあいこですよ。それにしても、スタッフに名札って必要なんですかね。私、お客さんに名前で呼ばれたことなんて一度もないですけど」

美紗紀の考えはしごくまっとうな気がした。その他大勢のお客さんではなく、接客をする時は間違いなく一対一なのだ。

信義、日文、美紗紀。この夜も最強メンバーが揃ったおかげで、閉店時間からさほど経たずに片付けが終わり、早めに店を出ることができた。

日文も夕方の賄いで揚げ物——チキン南蛮《なんばん》定食を食べたせいか、今夜はいつもほど空腹を感じず、コンビニには寄らずにまっすぐにアパートを目指した。冷蔵庫には豆腐を常備している。上に蕪《かぶ》の葉とジャコを炒めて作ったふりかけを載せて食べるくらいでいいだろう。もちろんこれもお手製である。

美紗紀と信義のポジティブな思考のおかげで、隣人への恐怖心はほとんどなくなっていた。会ったこともない相手を勝手に恐れては失礼な気もする。

アパートが見えてくる。遠目でも隣室に明かりが点いているのが分かる。それを確認するのが夜の日課のようになっていた。

ふっとカーテンの後ろに人影が見え、日文は身を竦《すく》ませた。

細身で長身のシルエットには、身体が先に反応してしまう。

でも、恐れることはない。むしろどんな人物か見極めるいい機会なのではないか。

だって、「ギドー」がいるはずはない。「ギドー」の記憶は故郷に置いてきたのだ。いつまでも付きまとわれるような錯覚に陥《おちい》る必要はない。

一度は腰が引けたが、しっかりと前を向いて歩き続ける。

隣室のカーテンが開いた。日文はまた少し身を竦ませる。静けさの中、カラカラとサッシの開く音がする。ベランダに置いたサンダルにでも足を突っ込むようなザリザリとした音。隣人はベランダに出てきたのだ。

怖いけれど確かめたい。その好奇心に抗《あらが》えず、日文は少しだけ顔を上げた。

まだ肌寒い四月の初旬。隣人は今夜もすっぽりとパーカーのフードを被っていた。背後からの室内の明かりに照らされているため、顔は分からない。

隣人はベランダの手すりに上体を預けて手に持っていた缶を傾けた。フードを被った頭はずっと上を向いていた。

真下の路地を歩く日文のことなど、まったく気にする様子もない。ただ、ずっと上を、夜空を見上げていた。

角を曲がってから、日文も振り向いて空を見上げた。

明るい月が浮かんでいた。

隣人はベランダで月を眺めていたのだ。

フードの下に隠された曖昧《あいまい》な人物が急に輪郭《りんかく》を持つ。

隣人は夜が好きなのかもしれない。日文もそうだ。夜の色に塗りこめられた住宅街は、昼間とはまったく違う顔を見せる。静かでひっそりとして、時には月や星がきれいに見える。だから、毎晩遅い時間に一人でこの道を歩くことも平気なのだ。いや、こんな生活を続けるうちに、夜の街が好きになったともいえる。

誰にでも密《ひそ》かな楽しみがある。

日文は何も知らない隣人の秘密に触れて、不思議と緊張がほどける気がした。

静寂の邪魔をしてはいけない。

日文はいつものようにそっとドアを開け、素早く、けれどひっそりと部屋に入る。

部屋の明かりを点ける前に窓を開けた。

どこまでも続く住宅街の屋根の上にぽかりと浮かぶ月は、煌々《こうこう》と明るい。

日文はしばし見惚《みと》れ、ベランダに出しっぱなしだった直人の靴下とトランクスを取りこんだ。もう必要ない。

安心したからか、急にお腹が空いてきた。今夜の夜食は豆腐、ではない。

無性にうどんが食べたくてたまらなくなっていた。

冷凍庫からうどんを取り出し、茹《ゆ》でて熱湯で割った麵《めん》つゆを掛ける。

いたってシンプル。でもそれでいいのだ。実はそれだけではないから。

「じゃーん」

日文は冷蔵庫から卵を取り出した。

そう。月見《つきみ》うどんだ。あんなにきれいな月を見てしまったら、これしかない。

ほわほわと湯気を上げるどんぶりを「アチ、アチ」と両手で運んで座卓に着く。

お気に入りの柚子七味《ゆずしちみ》をたっぷりと振って、「いただきます」と手を合わせる。

即席の月見うどんを豪快にすすり、開けたままのカーテンの外に浮かぶ月を見上げる。

「うまー」

はふはふとした息の合間に自然と声が漏れる。

誰からも「やわらかすぎる」と言われる日文好みの茹で加減も、麺つゆの完成された味わいも、ほとんど生の卵が絡んだうどんのつるんとしたのど越しも、何もかもが最高。それを、真夜中に独り占めしているのだ。

ふと思い立ち、「おひとりさまノート」を引き寄せてペンを取る。

何事も見かけでは分からない。

丁寧に向き合って本質をつかむこと。

お隣さんは相変らずどんな人か分からないけど、たぶんとても粋《いき》な人。
明日はビールを買って月見酒をする。

2
春から夏

一人で解決できない
日常の不便の問題
意外と近くにいた存在に
頼ってみる

バスルームの電気のスイッチを押した。

パチンと確かに手ごたえはあったのに、いつものように明るくならない。

「あれ？」

思わず声に出してつぶやいた。日文はすでに素《す》っ裸《ぱだか》である。

三鷹駅に着いたのは午後十一時。閉店まで働いたにしては少し早めだった。五月に入り、暖かいというよりも暑い日が続いている。さっさとシャワーを浴びて夜食にしようと洗面所に直行し、シャツもズボンも脱ぎ捨てたところだった。

何度もスイッチをパチパチと押すが、やっぱり点《つ》かない。電球が切れたらしい。

洗面所の明かりのおかげで真っ暗ではないが、視界がクリアというわけにはいかない。

バスルームは窓のないシェルターのような造《つく》りで、天井《てんじよう》はそう高くない。中央に取り付けられた照明は、半透明の大きなプラスチックカバーに覆《おお》われていて、カバーを外《はず》さなければ電球も外せない。

先ほどまでは汗ばんでいたのに、樹脂《じゆし》素材の床に接する足の裏から寒さが這《は》い上がってくる。手を伸ばせば日文の身長でもギリギリカバーに届くが、大きくて丸みを帯《お》びたカバーは摑《つか》みどころがなく、うまく回すことができない。

背伸びをして両手で摑み、力を込めてみたが、ピクリとも動かなかった。

そういえば、ここに住み始めてからバスルームの電球など交換したことがあっただろうか。かなり昔、キッチンの電気が点かなくなった時は直人を呼んだ。実家では、そういうことは父親の仕事だったから、日文は自分で電球など替えたことがなかったのだ。

直人と一緒に電器屋に行ったが、電球の売場にはあまりにも多くの種類とサイズが並んでいて、眩暈《めまい》がしたのを覚えている。

あの時、お礼に餃子《ギョーザ》をご馳走《ちそう》しようと用意している間に、気を利《き》かせた直人は他の照明も点検してくれた。子どもの頃から母親を手伝って、家の様々なことをしていた直人は本当に頼りになった。

さて。改めて日文はカバーと対峙《たいじ》する。

カバーが外れないことにはどうしようもない。つま先立ちのまま、渾身《こんしん》の力を込める。右にも左にも回らない。まるで天井と一体化したかのように、憎《にく》らしいくらいピタリと嵌《は》まっている。

さすがに腕が限界だった。いくら毎日「小日向食堂」の暖簾《のれん》を上げ下げしているとはいえ、こんなに長い時間、両腕を上げたままでいることなどない。

日文は諦《あきら》めてバスルームの引き戸を閉め、給湯器のボタンを押した。「デンゲンガハイリマシタ」と告げる場違いに明るいオネエサンの声を聞きながら、勢いよくシャワーを出す。冷えた足先に熱めに設定したお湯が心地《ここち》よく、血が巡る感覚がふくらはぎへと伝わっていく。

バスルームの引き戸は半透明で、かろうじて洗面所の明かりを取り込める。それでも大きな敗北感は拭《ぬぐ》えない。

薄暗闇の中、シャンプーを出し過ぎて、やけにリッチな泡で髪の毛をかき混ぜながら、さて、どうしたものかと考える。今夜はシャワーで済ませたから洗面所の照明で何とかなったものの、ゆっくりお風呂に浸《つ》かりたい時は不便である。何よりも掃除が困る。これでは細かなカビも排水口の髪の毛も見えないではないか。

いずれにせよ、ずっとこのままにしておくわけにはいかない。

一度冷えた身体《からだ》はシャワーでは温まらず、日文は悶々《もんもん》としたままベッドで丸くなった。

「お風呂の電球が切れちゃってさ」

翌朝の「小日向食堂」である。日文と美紗紀はボックスシートに隠れるようにして、制服のポロシャツに着替えていた。

「あ、それ、困りますよね。不具合は、どうしていつも突然なんですかねー」

「そうそう。突然なんだよ」

「で、どうしたんですか」

「洗面所の電気でしのいだ。でもさ、何というか、よく見えないのはストレスなんだよ」

いくら夜の街が好きでも、これぱかりは薄暗い夜道を歩くのとは違う。生活の場において、人間は明るさに慣れてしまっている。

「ウチもありましたよー。最悪の状況でした。ウチのアパートはかなり古くて、洗面所がないんです。トイレ、洗濯機置き場兼脱衣所、風呂場って感じです。最初に切れたのは脱衣所の電球でした。でも、特に不便はなかったんですよ。トイレと風呂場さえ明るければ。そう思って放っておいたら、今度は風呂場の電球が切れて。さすがにコレには参りました」

「トイレの明かりでお風呂に入ったってこと？」

「まぁ、そうなりますね。でも、間に脱衣所を挟んでいますから、暗いのなんの」

美紗紀のことだから、てっきり小ぎれいなマンションにでも住んでいるのかと思ったら、日文のアパートと大差はないらしい。以前は会社員とはいえ、今はフリーターの一人暮らし。やはりそんなものだろうと途端に親しみがわく。

「それはキツイね」

「キツイですよ。前職でちょうど仕事も忙しい時期だったので、すぐに電器屋に行けそうもなくて。どうしてこんな時にって思いました。だからアロマキャンドルを使ったんです。ありったけ持ってきて、風呂場に置きました。あれ、意外とよかったですね。それはもう幻想的で、ハイクラスホテルのスパにいるセレブ気分を味わえました。実際はクソ狭い風呂場なんですけどねー」

何という発想の転換だろう。日文はぽかんと美紗紀を見つめた。

とはいえ、日文の家にはアロマキャンドルなどという洒落《しゃれ》たものはない。そもそも、いくら癒《いや》しを求めたとしても、部屋で火を焚《た》くのは火事が怖いと思うような慎重派である。

「それで、電球は交換したの？」

「そりゃ、交換しましたよ。さすがに不便ですもん。深夜までやっているスーパーで買えました。どこにでもあるような電球で良かったです。デザイナーズマンションだったら、きっと使っているのもお洒落な電球だったりして、こうはいかないですよねー。普通のボロアパートで助かりました」

「脱衣所も？」

「いえ。そこはあまり不便を感じないので」

よく分からない。ついでに替えればいいではないか。

「休憩時間にブロードウェイにでも行って、電球、買ってきたほうがいいですよ。リラックスするはずのお風呂でストレス溜《た》めるなんて、精神衛生上よくありませんから」

「そうなんだけど、どの電球を買えばいいのか分からなくてさ」

「外した電球は？」

「カバーが固くて外せないんだよ。肝心の電球の型が分からない」

「なるほど。湿気《しっけ》のある風呂場ですし、くっついちゃっているのかもしれませんね。大家さんとか、管理会社の人に言ってみたらどうですか」

「たかが風呂場の電気じゃ、言いにくいよ」

休日に予定を合わせるのも面倒だし、そういうのは自分で修繕《しゅうぜん》する範囲だった気がする。

美紗紀は何やら考えている。

「馬鹿力《ばかぢから》が必要ですね。日文さんより身長が高い私が行ったところでカバーが外せなかったら意味がないですし、男手と言ってもウチの店長じゃ、どう見ても非力《ひりき》ですもんね。間違いなく腕力も握力も私のほうが強いですよ」

「そうなんだよ。参った」

チラリとキッチンを見ると、毎朝誰よりも先に仕事を始める信義が、出汁《だし》を取るための寸胴鍋《ずんどうなべ》に苦戦していた。水を入れると重くてガス台まで運べないから、ボウルに水を汲《く》んで何往復もしているのだ。とはいえ、社内に水を満たしたあの寸胴鍋を持ち上げられる社員がいったいどれだけいるのだろうか。

日文は悶々と考えた。馬鹿力がほしい。自分よりもずっと力の強い人物が必要だ。

そのせいか営業が始まっても、入ってくる男性客につい目がいってしまった。

夜になると客の大半が男性客になるので、ますますそうなってしまう。

シャツ越しでも筋肉の隆起がはっきりと分かる常連の会社員。あの人なら簡単に電球のカバーを外してくれるだろう。ただ、ヒゲが濃く、朝はきれいに剃《そ》っているのだろうが、「小日向食堂」を訪れる夜には中途半端に伸びているのが毎回気になってしまう。

しかも今夜は会計の時、ヒゲにご飯粒が一粒くっついていた。指摘すべきか迷ったものの「おヒゲにご飯粒が」と、どうしても口に出せず、そのまま「ありがとうございました」と送り出してしまったのだ。それがずっとモヤモヤと引っかかっている。

その様子に美紗紀が気付いた。

「何かありました？」

「いや、今のお客さん、ヒゲにご飯粒を付けたまま、帰しちゃったなと思って」

美紗紀は、何だ、そんなことか、と言うように大きな目をぐるりと回した。

「自己責任ですよ。それよりも、てっきり私は貴重な腕力を逃《のが》したと落ち込んでいるのかと思いました」

それは確かだが、見境《みさかい》なく店の客に頼めるわけがない。

次に入ってきたのは、またも常連の中年男性だった。こちらは先ほどの「ヒゲマッチヨ」とは正反対に痩《や》せていて、いつもスーツがダボついている。

注文はほぼ毎回、鯖《さば》の塩焼き定食。たまにはお肉でも食べて、しっかりカロリーを摂《と》ればいいのに、とつい心配して余計なことまで考えてしまう。彼にはとても電球のカバーなど外せそうもない。

日文がこっそり「ヤセリーマン」と命名した彼が顔を上げて店内を見回した。注文が決まったらしい。とはいえ、今夜も鯖の塩焼きだろう。そう思ったら、違っていた。

「サイコロステーキ定食、お願いします」

不覚にも一瞬の間が出来てしまった。どうやら「ヤセリーマン」にも日文の驚きが伝わったらしく、彼は恥ずかしそうに薄くなった頭を掻《か》いた。

「肉なんて珍しいでしょ。実はね、昨日の朝、駅で倒れたの。まさかの貧血だよ。駅員さんに介抱してもらっちゃった。若い女の子じゃないのに情けないよね」

「大変でしたね。大丈夫なんですか」

「うん。原因は分かっているんだ。栄養不足。つくづくダイエット中の女の子みたいでしょ。それをかみさんに話したの。笑い話のつもりだったんだけど、頼むからちゃんと栄養を摂ってくれって懇願《こんがん》されちゃった。参ったよ。僕、単身赴任中だからさ。一人だと、つい好きなものしか食べなくなっちゃうでしょ」

分かる。それが一人暮らしの特権だ。きっと彼はアッサリ和食系の料理が大好きなのだ。

しかし、日文は何やらホロリとしてしまい、自分の失礼な命名を恥じた。

「それは心配しますよ。しっかり食べて元気になってくださいね」

「うん、ありがとう。しばらくは肉料理を注文することにするよ」

「ぜひ。生姜《しようが》焼きも唐揚《からあ》げも美味《おい》しいですよ。定食ならバランスもいいですから」

「そうだね。この店が近所にあってありがたいよ」

男性客は脂気《あぶらけ》のない頰《ほお》に微笑《ほほえ》みを浮かべた。

彼は時間をかけてサイコロステーキ定食を食べ終え、「ご馳走さまでした」と帰っていく。日文が見送ったタイミングで、またも美紗紀が出てきた。つまり、今夜はヒマなのだ。

「珍しく肉でしたね」

「カロリーを欲しているんだよ。あのお客さん、単身赴任中なんだって」

「てっきり奥さんに逃げられた、冴《さ》えない会社員かと思ってました」

「ひどいなぁ」

なんだかんだ、スタッフは客のことをよく見ているのである。

その後も男性客が訪れるたびに、日文はその客がバスルームの電球を交換してくれる妄想を止めることができなかった。閉店する頃には妄想にも疲れ果て、結局今夜も暗い風呂に浸かるのだという現実に、いっそうの疲れが重く肩や腰にのしかかってくるのを感じた。

「日文さん、これ、どうぞ」

美紗紀から紙袋を渡されたのは、ポロシャツから私服に着替えている時だった。

「え、何？　あ、何だかいいにおいがする」

袋を開けると、いっそう甘い香りが強くなった。カラフルなアロマキャンドルがいくつか入っている。

「休憩時間に買ってきました。今夜はスパ気分を味わってください。百円ショップのですけど」

「いいの？」

日文も買いに行くことはできたのに、まったくその気がなかった。休憩時間は事務所でのんびりと賄《まかな》いを食べていたのだ。

「たまにはいいですよ、そういうのも」

美紗紀はにこっと笑った。きっと彼女なら、どんな困難も笑って乗り越えることができるだろう。日文はそんな美紗紀を眩《まぶ》しく感じて、少しだけ落ち込んだ。

帰宅した日文はバスルームに直行し、電気のスイッチを押してみる。パチンと音がするものの、やはり点かない。手ごたえがあるのに点かないのが憎らしい。

ダメか。日文はため息をつき、床が乾いているのを確認して靴下のままバスルームに入った。天井に手を伸ばす。こちらも昨夜と同じで、カバーは少しも動かない。

何かの間違いであってほしい。そんな願いはあえなく打ち砕《くだ》かれ、日文は諦めて風呂にお湯を溜め始める。こうなれば、せっかく美紗紀が買ってきてくれたアロマキャンドルを使わないわけにはいかない。

お湯が溜まるまでの間、六畳間の窓を開けて空気を入れ換える。外からはちょうどいい具合の風が入ってきて、誘われるようにベランダに出た。隣《となり》の部屋のベランダとは薄い板で仕切られていて、「非常時にはここを破って隣戸に避難できます」と書かれたシールが貼ってある。

非常時には打ち破れる、こんな薄い壁で仕切られた隣室に、知らない人が住んでいる。世の中は、なんと曖昧《あいまい》な信頼感で成り立っているのだろうか。

今夜もすでに隣には明かりが灯《とも》っており、在宅しているのは確認済みだ。

隣人が越してきてすでに二か月近く経つが、結局、後をつけられたことも、待ち伏せされたこともない。時々、ベランダで空を見上げている姿を見かけるだけだ。吊《つ》り下げられていたタマネギとニンニクはいつの間にかなくなっていた。

相変わらずどんな人物なのか分からないが、今さらながら「後をつけられている」と過剰に反応してしまった自分が情けない。

「オフロガワキマシタ」

今夜もバスルームから明るい音声が聞こえる。

隣室の住人の背の高さが羨《うらや》ましい。腕力、握力のほどは知らないが、あの身長ならやすやすと手が届くはずだ。そこでハッとした。

つい先日まで、勝手に疑っていた隣人に頼もうと考えるなんてどうかしている。

今夜も洗面所の明かりを頼りにバスルームに入る。

美紗紀に渡された袋には、ご丁寧《ていねい》にライターまで入っていた。あまりにも行き届いた気《き》遣《づか》いに驚く。煙草《たばこ》を吸わない日文の家にはライターもマッチもない。必要最低限のものしかない、一人暮らしの民《たみ》ならではの特徴を美紗紀もよく分かっているのだ。

ざばぁっと湯に浸かる。目の前ではキャンドルの炎《ほのお》が揺らめいていて、何とも幻想的である。フルーツとも花ともいえない甘い香りがバスルームを満たしている。

案外、いいかもしれない。

瞑想《めいそう》に近いのだろうか。視覚による刺激が制限されたせいか、妙《みょう》に心が落ち着いていた。

立ち上る湯気《ゆげ》をこんなにも意識したのは、真冬に直人の実家を訪れた時に入った夜の温泉以来だ。湧《わ》き上がる非日常感。それが、単に暗いバスルームのせいなのか、美紗紀がくれたアロマキャンドルのせいなのかは分からない。ただ、とてもリラックスしていることは確かだ。とはいえ、いつまでもこのまま問題を放置しておくわけにはいかない。

ああ、直人がいてくれれば。

すっかり癖になったように、つい考えてしまう。

その直人も四月からは北海道の支店に転勤し、連絡を取っていない。

こういう時、やっぱり女は非力だと思う。男女平等、女性の社会進出が盛《さか》んに言われる世の中ではあるけれど、性別による体力や体格の差はどうしてもあると思うのだ。

そこで日文は、何か大事なことを忘れていることに気が付いた。

伊吹。

そうだ、弟がいるではないか。

弟の伊吹は、今の日文にとっては近いようで遠い存在である。最後に会ったのは一年ほど前だろうか。同じ東京にいるというのにすっかり疎遠になっていた。

日文にはあれだけ「帰ってこい」としつこい母親も、伊吹には甘く、「色々と責任のある仕事を任されるから仕方ないわよね」などと言っている。伊吹こそ、何かと理由をつけてめったに故郷の土を踏まないというのに。

日文だって責任を持って働いている。弟は大手家電量販店の店舗勤務。休みを取りにくいのは飲食業の日文と同じだ。それは理解しているが、実は知っているのだ。ヤツは仕事を言い訳にしているだけで、実は大学時代から付き合っている恋人を帰省《きせい》よりも優先している。

親よりも彼女。恋愛をしたことのない日文には分からないが、そういうものだろうか。

まぁ、今はそれどころではない。とにかく風呂場の電球なのである。

風呂を上がると、さっそくメッセージを送った。

とにかく、切実なことが伝わるような文面を考えた。今はどうだか知らないが、実家にいた頃は気の利かない弟だった。その弟の心を動かさなくてはならない。

『SOS！　お風呂場の電球が切れて困っています。カバーが外れないので助けてください。大至急！』

よし、これだ。これしかない。

送信すると、驚くほど早く返事が来た。

『いいよ。いつにする？』

日文は飛び上がらんばかりに喜んだ。

この先の自分の休みを一か月分送ると、またすぐに返事が来た。

三日後の休日が伊吹と重なっている。つくづく弟もサービス業でよかったと思った。あと二晩我慢すれば明るいお風呂に入れるのだ。

アロマキャンドルは確かに良かったが、やっぱり日文は電気のもとでお風呂に浸かりたい。淡《あわ》い明かりには癒されたものの、どうしても火事が気になって、炎から目が離せなくなってしまったのだ。


伊吹とは三鷹駅の改札前で待ち合わせた。

一年ぶりに会った弟は年齢よりもずっと若く見えた。三歳年下とはいえ三十を過ぎ、落ち着きも出ただろうと思ったのに、さほど学生の頃と変わらない。父親に似てそう身長が伸びなかったのは気の毒だが、それでも百七十センチはあるし、全体的に引き締まっている。職場の家電量販店で扱う商品が重くて筋力が付いたとは聞いていたけれど、彼女がいるというのも理由のひとつかもしれない。どちらかというと地味《じみ》な日文よりもずっとお洒落である。

「伊吹、久しぶりー」

「ホント、久しぶり」

「悪いね、貴重な休みに。里香《りか》さんは大丈夫？」

「うん。里香は普通の会社員だから土日休み」

「そうだっけ。休みが合わないのって、つまらなくない？」

「時々合わせて旅行も行くし、お互い自由にやれるし、もう慣れたかな。家も近いから、ほとんどどっちかの家に泊まっているし」

「一緒に住めばいいじゃん。家賃も浮くよ」

「近いうちにそうなると思う」

伊吹は笑った。その笑顔が、心から嬉《うれ》しくて仕方がないというような、子どもの頃と変わらないものだったので、日文はなぜか胸を衝《つ》かれた。

きっと伊吹は里香と結婚するのだろう。

今ですら伊吹の日常は里香を中心に回っている。結婚すればますます実家と縁遠《えんどお》くなっていく。そうなれば、母親はこれまで以上に日文を頼るに違いない。

伊吹も高校卒業と同時に実家を出た。どんな大学生活を送ったのかはよく分からない。同じ東京にいてもめったに会うことはなかったのだ。

伊吹は入学してすぐにバイトやサークル活動に熱中し、里香とも付き合い始めたらしい。色々な口実《こうじつ》を設けて、夏休みも冬休みもほとんど帰省しなかった。日文よりもよっぽど東京を満喫し、派手な大学生活を送っていた、と思う。

そんな伊吹が、就職活動だけは真面目《まじめ》に取り組んだのは、間違いなくこのまま東京に残りたいからで、その先にある里香との生活を思い描いていたからだろう。もしかしたら、日文よりもよっぽど先を見通していたかもしれない。

けれど、長男で末っ子という、甘やかされた立場故《ゆえ》の鈍感さなのか、実家のことをいっさい気に掛けるそぶりを見せない。そこが前から気になっていた。

「このあたり、変わってないねー」

伊吹の言葉に、日文はハッと我に返る。

二人は並んで駅から続く陸橋の階段を下っていた。

伊吹が大学に入学した年、母親から「何かあった時のために、お互いのアパートに行っておきなさい」と言われ、一度だけ遊びに来たことがあった。日文はずっと同じアパートに住み続けているが、伊吹はあれから何度引っ越しをしたかも分からない。

「伊吹は今、久我山《くがやま》だっけ」

「明大前《めいだいまえ》。去年、引っ越した」

「また？ 同じ沿線で引っ越す意味あるの？」

「気分転換だよ。少しずつ里香の家に近づいている」

「もう一緒に住みなよ」

「次回かな」

賑《にぎ》やかな通りを離れ、住宅街へと入っていく。いつものコンビニの前に差し掛かった時、伊吹が「寄っていこう」と言い出した。

「何買うの？ お礼もかねて、すき焼きを準備しているけど」

「やった！　すき焼き！　でもさ、せっかく来たんだからおやつも」

「子どもかよ」

伊吹はかごを持つと、ドリンクやらスナック菓子やらアイスやらを次々に入れていく。

てっきり払わされるのかと思えば、会計も自分で済ませて、さっさと出口に向かう。大人になったなぁと妙なところで感心した。

「ところで伊吹。毎年、お正月にも実家に帰らないくせに、今回はよく来てくれたね」

「だって、姉ちゃん、困っていたんでしょ。普段は全然連絡なんてしてこないのに」

「まぁ、そうだけど」

SOSの効果である。

「正月は俺の職場も初売《はつう》りとかで忙しいのよ。親はさ、たぶん正月はみんな休みだって思っているでしょ。年末年始は休みって。いや、そんなことないから。休んでいる人の陰で働いている人はたくさんいるから。姉ちゃんだってそうでしょ」

「まぁね。ウチも元日から営業している。店を開けていれば、それなりにお客さんが来るからね。やっぱり都会はすごいよ」

「そうそう。そういう感覚、悪いけど俺たちと親じゃ、もうズレちゃっているんだよ」

かといって、放っておける問題でもない。

少なくとも日文はそう思っているが、伊吹は違うらしい。

「ま、それも口実で、里香が年末年始はしっかり休みだから、俺も東京にいたいっていうのが本音。一泊か二泊するために帰るのなんて面倒だし」

「お母さん、会いたがっていたよ」

「俺だって会いたいけどさ、帰る労力を考えると、どうもね」

前日は夜遅くまで仕事をして、荷物をまとめてわずか一泊か二泊するために長い時間、電車に揺られるのだ。旅行なら話は別だが、親にせがまれての義務的な帰省となれば、ただ憂鬱《ゆううつ》なだけだ。

実家はすでに自分の居場所ではない。親に会いたい気持ちはあっても、休みがあるなら寝坊したいし、溜まった洗濯物を片付けたい。

アパートが見えてきた。

日文の部屋のベランダには三日分の洗濯物が揺れている。隣の部屋の物干し竿《ざお》には、今日は何もかかっていなかった。

「もうすぐだよ」

「意外と駅から遠いね。よくこんな所にずっと住んでいるなぁ」

「慣れだよ、慣れ。引っ越すほうが面倒くさい」

「俺だったら、自分から少しでもより良い生活に近づこうとしちゃうけどね」

「そういうのは、あまりないなぁ」

「姉ちゃん、いつかは実家に帰るの?」

思いがけない質問をぶつけられる。

「帰らないよ。仕事探すのも大変そうだし。こっちがいい」

「そうだよな。東京のほうが仕事に限らず、色々な選択肢《せんたくし》があるもんなぁ」

伊吹の言葉に深い意図《いと》はなかったのだとホッとした。

やっぱり伊吹は、いずれ訪れる親の老後のことなど少しも考えていないようだ。

故郷も親も、いつまでもずっとそのまま存在すると思っているのかもしれない。

「ただいま」

「お邪魔します、うわ、マジで何も変わってない」

部屋に上がると、伊吹はバスルームに直行した。何度か照明のスイッチを押し、「本当だ。点かない」と確かめている。いまだに日文も、もしやと思って、洗面所に行くたびにスイッチを押してみるのだが、そんな奇跡が起こるはずはない。

伊吹は靴下のままバスルームに入ると、軽々と天井に手を伸ばした。余裕で電球カバーに手が届く。日文は扉の陰でその様子を見守った。

「何度も試したんだけど、全然動かないんだよ。右にも左にも回らない」

「いや、簡単に外れたけど?」

なんと、伊吹は電球のカバーをネジのようにクルクルと回していた。

「ウソでしょ」

「いや、あっさり」

伊吹は外したカバーを日文に渡し、次は電球を外している。

それほど日文が非力だったというのか。それとも何かコツがあったのだろうか。すっかり外してしまった今は、それすらも確かめようがない。

「ま、そういうこともあるよ。ヨシ、電球も外れた。姉ちゃん、どうせ新しい電球なんてないんだろ？」

「うん。どれを買っていいのか分からないし」

「だよな」

埃《ほこり》っぽい電球をティッシュで拭うと、伊吹はポケットに突っ込んだ。

「他の電気は大丈夫？」

「今のところ問題ないけど」

「念のため、チェックしておくか」

伊吹はそう言うと、洗面所やトイレ、玄関の上やキッチン、六畳間を次々に回っていく。

伊吹は何年も家電量販店で働いているのだ。まさに得意分野なのかもしれない。

「ここにまだずっと住むつもり？」

「うん」

「替えの電球は全然用意していないんだよね」

「ない」

「キッチンと奥の部屋はまだ大丈夫だと思う。他の場所は全部同じ電球だったから、ちょっと余計に買ってくるよ。駅前にスーパー、あったよね」

「うん。でも、電球はあるかな」

「なかったら別の店を探すよ。じゃ、行ってくる」

「一人で平気？」

「当たり前じゃん。姉ちゃんはコンビニで買った菓子でも食べて待っていてよ」

「じゃあ、すき焼きの用意しておく。せっかく来てくれるんだもん、肉、奮発《ふんぱつ》しちゃった」

「やった。行ってきます」

ドアが閉まる。一人で暮らすこの部屋から誰かを送り出すのは不思議な感覚だ。

伊吹が買い物に行っている間に、日文はすき焼きの準備に取り掛かった。

すき焼きは久しぶりだ。一人でも時々作るけれど、どうしても量をセーブしてしまう。

肉もいいけれど、思う存分野菜を入れて、味が沁《し》みてクタクタになったネギや白菜やエノキタケをご飯にのせて、たっぷりと頬張りたいのだ。

誰かと食べるために料理をするのは、自分のためだけに作るよりも心が躍《おど》る。いい加減な味付けでは申し訳ないから、その分気合も入る。

日文は食べることが何よりも好きだ。だから学生時代はカフェでバイトをし、その延長で就職先も飲食業界だった。

料理上手な母親のおかげで、家でも食事の時間が楽しみだったし、一人暮らしを始めてからも、「美味しいものが食べたい」という欲求は変わらなかった。

だから、あの頃はよく料理をした。学生のバイト代では外食など頻繁にできるわけもなかったし、呼べば直人が喜んで食べに来てくれた。

学生の頃から、日文はファッションビルよりも、大きなスーパーに心が躍った。知らない調味料や食材を見ると試したくて仕方がなかった。

でも、その情熱も今ではすっかり落ち着いている。社会人は忙しいし、何よりも料理を振舞《ふるま》う相手がいない。これが大きい。だから、今回伊吹が来てくれたことは、電球の交換と同じくらい、日文の「誰かに料理を食べさせたい」という欲求を満たす有難《ありがた》い機会だったのだ。

食材は昨日のうちに用意しておいた。日文が帰る時間帯は、どこのスーパーも閉まっているから、休憩時間にブロードウェイの地下へ買い物に行き、職場の冷蔵庫に置かせてもらった。大量の肉と野菜を見た美紗紀は呆《あき》れていたが、理由を説明すると納得したように頷いた。

「救いの神への献上品となれば、これくらいは必要ですよね」

その通りだが、それだけではない。

すき焼きは伊吹の好物なのだ。

そう。時々、「料理を食べさせたい」という欲求とは別に、「誰かを喜ばせたい」という欲求にも襲われる。伊吹を喜ばせたい。喜ぶ顔が見たい。「おひとりさま」では、どちらの欲求も叶えるのが難しい。


「ただいま」

出て行った時と同じく、この部屋に「ただいま」と帰ってくる人物を迎え入れるのもやはり新鮮である。

「おかえり」と玄関で迎えると、伊吹は外廊下《ろうか》に立ったまま、ぼんやりと隣の部屋のほうを見ていた。

「どうしたの?」

「姉ちゃん、お隣さんに会ったことある？」

「引っ越してきたのは割と最近だからまだ会ってない。挨拶《あいさつ》もなかったし」

見かけたことはあったが、黙っていた。

「めっちゃ、可愛《かわい》い。俺のタイプ。いや、一番は里香だけど」

「え？」

「今、そこでバッタリ会っちゃった。俺、姉ちゃんの彼氏だって思われたかな」

日文こそ驚いた。

「女の子じゃないよ、背が高い男の人でしょ」

「姉ちゃん、何言っているの。モデルみたいに背が高くて、スタイルのいい女の子だよ」

「女の子？」

「うん、間違いない」

伊吹は力強く頷いた。

「もしかしたら、俺より身長あるかもなぁ。ちょっとショック」

となれば、シルエットしか見たことのない日文よりも、伊吹の言い分が正しいだろう。

女性でも百七十センチを超えるモデルやスポーツ選手は多いし、コンビニで会った人物が着ていたパーカーはかなりのオーバーサイズだった。身長と体格のバランスが、ちょうど日文の嫌《いや》な記憶と重なっただけなのだ。

「女の子……だったんだ……」

日文にやたらと警戒され、隣人のほうがよほど恐ろしい思いをしていたかもしれない。

これまでの経緯を伊吹に打ち明けると、盛大に笑われてしまった。

「そりゃ、自意識過剰にもほどがあるわ。隣、たぶん、まだ学生さんだよ。疑われて可哀《かわい》そうに」

「お隣さん、伊吹に会った時、どんな反応だった？」

「目が合ったから、『あ、ども』って挨拶したの。そしたら彼女も『あ、ども』って言いながら、そのままスーッとドアが閉じて、カチャンって鍵《かぎ》を掛けられちゃった」

「怖かったんだね」

「まさか。タイミングが同じでバツが悪かっただけでしょ」

そんな子なら、やっぱり事あるごとにベランダを見上げている日文のことを逆に警戒していたかもしれない。申し訳ないことをしてしまった。

とはいえ、まだ謎も残っている。

「お隣さん、ベランダにタマネギとかニンニクを吊るしていたんだよ、あれは何だったのかな。いつも遅くに帰ってくる私を恐れての魔除《まよ》けとか？」

またしても伊吹が笑う。

「いや、自炊用でしょ。野菜にもよるけど、新鮮なものは、よく乾燥させてから保存したほうがいいらしい。里香がそんなことを言っていたよ。アイツ、しょっちゅう農家から野菜のお取り寄せをしているんだ」

そういえば、直人の実家に行った時、直人の母親もよく畑で収穫した野菜を日向に干していることがあった。でも、そんなことをするのは田舎《いなか》の人か、生活の知恵を身に付けた、ある程度の年齢を重ねた人だと思っていた。

「意識高い子はさ、そういうこともちゃんとやるんだよ」

「どういう意味よ」

「姉ちゃんが怯《おび》える必要ないってこと。よっぽどあの子のほうが誰かに襲われそうだよ」

「うるさい」

「それより、いいにおいがする」

「うん、もうすぐご飯が炊《た》ける。すき焼きも煮るだけだから、すぐにできちゃうよ」

「あ、じゃあ、もう作っちゃって。俺、しっかり煮て味が沁みた野菜が好きだから」

さすが弟。好みが同じだ。

「実家のすき焼き、そうだったよね。最初に肉を焼くって知った時は衝撃《しょうげき》だった」

「俺も。ウチのすき焼きはある意味、牛鍋《ぎゅうなべ》だったよね」

伊吹は新しい電球を箱から出すと、バスルームに行ってあっという間に取り付けた。

「姉ちゃん、スイッチ押してみて」

「いくよ」

パッと明かりが点く。何日ぶりかに明るいバスルームを見て、日文は思わず歓声を上げた。

「大袈裟《おおげさ》だな」

「だって、本当に一人ではどうしようもなかったんだもん。助かったよ」

「どういたしまして。風呂場だから、湿気でパッキンがくっついちゃっていたのかもね。でも、万が一落ちたら危ないから、またしっかり嵌めておいた。ま、次に切れた時も、俺を呼べばいいから」

「ありがとう」

これほど弟が頼もしく見えたことはない。これまで忙しいと勝手に思い込み、彼女にも遠慮《えんりょ》をしていたけれど、呼べばこんなに気さくに応じてくれるのだ。

余分に買ってきた電球を受け取り、すき焼きの仕上げに取り掛かる。

先に六畳間の座卓に着いた伊吹は、用意しておいた卵をさっさと割っている。

「もうできるから、先にご飯をよそってくれる?」

「ほーい」

何だろう、このやりとり。離れた生活を十八年も続けているというのに、やはり姉弟《きょうだい》だからか、まるで実家にいた時のようだ。

座卓の中央にまだくつくつと湯気が立つすき焼きの鍋を置く。

部屋が一気に幸せな湿気に満たされる。

「うわ、うまそう」

「今日は本当にお世話になりました」

「いえいえ。じゃあ、遠慮なくいただきます」

伊吹は肉を取り、卵を絡めて口に入れる。

「うまー。とろけた」

「肉は裏切らないよね」

日文も肉を食べ、熱々の豆腐とシラタキも先に取って冷ましておく。ご飯の上に味の沁みたネギや白菜などの野菜類をたっぷりのせて、口いっぱいに頬張る。

トロトロのネギと白菜の甘み、エノキタケの食感と春菊《しゅんぎく》の香り。ちょっと甘みの強い割り下が馴染《なじ》んだ野菜をふっくらとした白米が受け止め、飲みこんでしまうのが惜《お》しいくらいの美味しさだ。やっぱり材料を奮発しただけのことはある。一人のためのすき焼きならここまでしない。

「あ、私はここに七味《しちみ》を振りかけるのが好き。伊吹も使う？　柚子《ゆず》七味」

「いや、俺はこのまま味わう」

伊吹もたっぷりの野菜を載《の》せてご飯をかき込んでいる。

「肉いきなよ」

「これが好きなんだよ」

「私たち、食の好みが謙虚《けんきょ》だよね」

「そういう家で育ったから」

お互いに笑い合う。貧《まず》しかったわけではない。けれど、倹約家ではあったのだと思う。

母はうまくやっていた。自分が大人になったから、それに気付くことができた。

「やっぱり俺、この味が好きだな。家庭の味。里香のすき焼きよりも美味《うま》い」

「出た、問題発言。でも、何が違うの」

「里香は先に肉を焼く。どちらかというと上品なすき焼き」

「いずれそっちが伊吹の家庭の味になるんだよ、きっと」

「そうかな。うん、そうかもな」

また伊吹が子どもの頃と同じ笑顔を見せる。

「結婚式には呼ぶよ」

「そりゃどうも。ま、身内《みうち》だしね。でも、すぐは困るな。この前、直人の結婚式に行ったばかりだから、ご祝儀《しゅうぎ》貧乏《びんぼう》になっちゃう。だいたい身内の場合はいくら包むんだろう」

「直人さん、結婚したの？」

伊吹にだけは直人のことを話したことがある。助け合える親友としてだ。

「うん。今年の春。遅咲きだよね。おまけに転勤で今は北海道」

「ああ、だから俺を呼んだのか」

伊吹は納得したように頷いた。

「そっか、直人さん、結婚しちゃったか。いっこうに彼氏のできない姉ちゃんの唯一の希望だと思っていたのに」

「心の友だよ。そういう相手じゃない」

「そうか、そうか。ま、これからは電球に限らず、何かあれば呼べよ」

「ありがとう。正直なところ、かなり心細かったから。あ」

「どうした」

「せっかくだから、もうひとつ、お願い」

日文はキッチンに戻ると、戸棚から杏《あんず》ジャムの瓶《びん》を持ってきた。

「美味しそうでしょ。買ったんだけど、どうしても蓋《ふた》が開かないんだよね」

「貸してみて」

またしてもパコリとあっさり蓋が回る。

「おかしいなぁ。熱湯をかけたり、逆《さか》さにしたり、叩いたり、色々やってみたんだけど」

「他にないの？　何なら全部開けておくけど」

「残念ながらそれだけ。ホント助かるわ」

「姉弟だしね」

そうは言っても、もしも本当に里香と結婚すれば、家庭が優先になるに決まっている。

ふと、「小日向食堂」を訪れる「おひとりさま」の男性たちの顔が浮かんだ。

きっと伊吹はその対極にいる。

「伊吹、普段の夕食はどうしているの？」

「だいたい里香と一緒。どっちかの家だったり、待ち合わせて外で食べたり」

やっぱりそうだ。伊吹は、この先も一人で定食屋を訪れる生活とは無縁に生きていくのだろう。それは姉の日文ともまったく違う人生である。

伊吹は自分の望む未来へと着実に歩んでいる。


伊吹が帰ってしまうと、部屋が急に広く感じられた。向かいの建物の壁に反射した夕日が深く差し込む部屋には、今もすき焼きの香りが漂《ただよ》っている。

誰かを送り出すのは、何だか寂《さび》しい。

両親に送り出されたまま、めったに実家に帰らない自分が言うのもなんだけど。

片付けを済ませると、ティーバッグの紅茶を淹《い》れて部屋に戻った。

「おひとりさまノート」を開く。

伊吹の住所→世田谷区松原×−××−××−三〇一
電球の型番→E40形60W（バスルーム、トイレ、玄関、洗面所共通）
ストック場所→玄関の棚

隣の部屋の住人は、モデルのようにスタイルもよくて可愛い女の子だと判明した。

引っ越しの時の挨拶というのは、お互いにとって必要で大切な文化のような気がする。

もしも私がここから新しい場所に移ることがあるとしたら、その時は少なくとも両隣の部屋には挨拶に行こうと思う。自分のためにも、相手のためにも。

お互いを知るということは大切だ。

伊吹は長い付き合いの彼女と結婚するつもりらしい。両親もきっと大喜びするだろう。

久しぶりに弟に会ったせいか、実家とか家族。そんなことを色々と考えた。


「お風呂の電球、交換できました？」

翌日の「小日向食堂」である。

美紗紀に訊《たず》ねられた日文は、制服のポロシャツを頭から被《かぶ》りながら答えた。

「できた。明るいお風呂はやっぱりいいね。暗いと気付かないことも多いでしょう。お腹が出てきたな、とか。明るいとごまかしがきかない。それがいい」

「お腹、出てきたんですか」

「違うよ、もののたとえだよ。そうだ、美紗紀ちゃんがくれたアロマキャンドルもよかったよ。でも、私はやっぱり明るいお風呂がいい」

「私、今も時々やりますよ」

「わざわざ暗くして？」

「色々なものが見えすぎないほうがいい気分の時もあるんですよ。そういう時はあれに限ります」

普段は飄々《ひょうひょう》としている美紗紀も、案外、一人で抱え込んでいるものがあるのかもしれない。

「そうそう、隣の部屋の人にも会ったんだよ。私じゃなくて弟が」

「ああ、前に日文さんが怖がっていた人ですか。追いかけられたり、ベランダで待ち伏せされたりっていう……」

「うん。やっぱり全部私の勘違いだったみたい。女の子だったの。モデルみたいに背が高くて細い……」

「もしかして、日文さんは背が高いってだけで男の人だと思い込んでいたんですか」

「……申し訳ない。昔、そういう人を知っていたから」

「いますからね。男の人でも、華奢《きゃしゃ》で可愛らしい人」

チラリと日文がキッチンを見る。

「ウチの店長は身長も小さいけどね。でも、そこがいいよね。顔も可愛い感じだし。でもさ、やっぱり若い子が見れば、店長も普通のオッサンに見えるのかな」

「えー、オッサンでも、可愛いオッサンもいますよ。そういうフィルターって人それぞれだから本当に分からないですよね」

「私、どうしても感性が同じ人とだけ付き合おうとしちゃう。だから怖いものはいつまでも怖いし、自分の世界が広がっていかないのかもしれない」

「当たり前ですよ。居心地のいい場所にいるのが一番じゃないですか。類は友を呼ぶっていう言葉もありますし、自然と同じような感性の人が集まるんです。だから私、ここが居心地いいですし、日文さんだって誰でもいいわけじゃなくて、弟さんに助けを求めたんじゃないですか」

「家のことだし、誰にでも頼めるわけじゃないよ」

美紗紀と話していると、些細《ささい》な話題だったはずなのに、いつしか深く切り込まれていて、普段は意識しない自分の内面に気付かされることがある。

「そうですよね。やっぱりいざってときに頼りになるのは身内ですよね。私はこっちに誰もいないなぁ。親戚《しんせき》もみんな静岡ですもん。なぜか金輪家は地元を離れないんです。私はさほど郷土愛《きょうどあい》もないんですけど」

「どうしてこっちに来たの？」

「東京は日本の中心じゃないですか。そういう場所で生活してみたかったんですよ。人がウジャウジャいて、地方にはないエネルギーが溢《あふ》れています。その分家賃も高くて生活は大変ですけど、私みたいな底辺もたくさんいると思えば心強いですし」

「美紗紀ちゃんは全然底辺じゃないでしょ。しっかり働いているし、立派に一人で生活できている。『小日向』に来る前は会社員だったんだし」

「そうですけど、負け組ですよ。私は逃げたんです。なんというか、仕事ができる、できないにかかわらず、男受けはおろか、マウントを取ってくる女ばっかりで面倒になりました。私、こんな性格ですから、女受けも悪いんですよ。可愛げがないって。それであからさまにいびられたんです。気にしない性格なんですけど、部署でハブられたりすると、さすがにバカバカしくなりますよねー」

美紗紀はポロシャツのボタンを留めながら、何でもないことのように話す。

「かなり壮絶な体験をしたんだね」

「三十歳で会社の倒産に遭《あ》った日文さんもなかなかだと思いますけど」

「おかげで確かなものは何もないって悟《さと》ることができた」

「良かったですね。私も同じです」

美紗紀は軽く笑う。

「四六時中同僚たちと顔を合わせているオフィス勤めはもうコリゴリだと思って、全然違う飲食業で働いてみようと思ったんです。続くか分からないから、フリーターで。社会に戻るリハビリのような感じですね。おかげで楽しくやらせてもらっています」

「十分よくやってくれているよ。フリーターにしておくのはもったいない、いっそ社員になってくれたらいいのにって、いつも店長と話しているんだから」

日文はキッチンにいる信義を視線で示した。

小日向フードサービスはつねに人員不足だから、アルバイトから正社員になるスタッフも少なくはない。現に日文も中途入社だ。バイトから社員への登用となれば、簡単な試験はあるが、これまでの実績も評価されるから、美紗紀なら間違いなく通るだろう。

昼も夜も社員並みに働いている美紗紀もスタッフ不足は痛感しているらしく、すまなそうに視線を落とした。

「いつまでもフリーターというわけにはいかないって、分かっているんですよね。親もうるさいですし。まぁ、相手は静岡ですから、適当にごまかしていますけど。でもねぇ」

今度は上目遣いに日文を見上げる。

「社員になると異動があるじゃないですか。私、今の中野店が好きなんです。店長や日文さんと働いていたいんですよ」

「えっ」

「だから、まだしばらくはフリーターでいいです」

そう言うと、美紗紀は荷物をまとめて「店長、おはようございます」とキッチンに入っていく。

美紗紀にとってここは居心地がいいらしい。いつも飄々として、あまり感情を見せない美紗紀だが、きっと前職では相当傷つけられたのだろう。

他人には関心がないようでも、美紗紀はしっかりと見ている。お客さんのことも、一緒に働く信義や日文のことも。ことに前者に対する観察眼は鋭いほどだ。

苦手だからこそ、相手を見極めようとする。その感覚は日文にもよく分かる。誰かに傷つけられた経験があるからこそ、慎重になる。

ここにいるのは、自分にとって害のない人たちだ。だから日文も居心地がいい。


その夜のことだ。いつものように、午後五時半を過ぎて店内は満席となった。

キッチンには信義と美紗紀がいて、日文は大学生のアルバイトとホールにいた。これもいつものことである。店内は満席だが、一人が席を立つと、すぐにまた新しい客が入り、ずっと満席状態が続いている。

いつの間にか、外にはちらほらとウェイティングの列ができていた。店の壁に沿ってアーケード街に並ぶ形になるから、よほど「小日向」で食事がしたい人でないと並ばない。けれど、今夜はすでに五人は並んでくれている。

「いつもより忙しいですね」

新しい客を案内がてら、外の列を確認した日文はキッチンの信義に状況を報告した。

「今夜は米が食べたい気分なのかもしれないね」

信義は動じた様子も見せず、テキパキと手を動かしながら答えた。

「米ですか。そうですね。米と味噌汁《みそしる》とおかず、って日は確かにありますね」

店内は男性の比率が高い。そして圧倒的に「おひとりさま」が多い。食べ終わるとすぐに出ていく客ばかりなので、店内の回転は速い。

立ち止まる暇もないほどの忙しさが午後九時くらいまで続き、やっとウェイティングの最後の一人を店内に案内した。

これで少しは余裕が出てくる。そう思った時、自動ドアが開いた。「ピヨピヨ」の電子音に反応して「いらっしゃいませ」と声を掛けたものの、店内は満席である。

「何だ、満席かよ」

立っていたのは、がっちりした体格の会社員、おヒゲの濃い「ヒゲマッチョ」さんである。常連客だけに、一見して空いている席がないことを見極めたらしい。

これまで彼が来るのは席が空いている時ばかりだった。裏返して言えば、混んでいる時はわざわざ待つことをせず、他の店で食事を済ませていたのだろう。周りにはラーメン屋もファストフード店もいくらでもあるのだ。

今夜もよそへ行ってしまうのか。「すみません」と謝りながら、日文は相手の出方を窺《うかが》う。

ちょうどカウンターの客が席を立つそぶりを見せたので、さりげなく目で「こちら、もうすぐ空きそうですけど」と伝える。こういうアイコンタクトも、常連客とならしっかり成り立つ。

「今夜、一人じゃないのよ」

日文は耳を疑った。会社の同僚だろうか。

ヒゲマッチョは意味ありげに日文に向かってニヤリと笑った。

「テーブル席がいいな。空くまで外で待ってるわ」

やけにあっさりと言い、そのまま店を出ていく。

それから立て続けにお客さんが席を立ち、日文はレジをアルバイトに任せて、急いでテーブル席のお盆を下げた。

優先的に片付けたテーブルに「ヒゲマッチョ」を案内しようと外へ出る。

よそへ行ってしまったかもしれないと思ったが、暖簾の横でちゃんと待っていてくれた。

「大変お待たせいたしました。どうぞ」

「お」と凭《もた》れていた壁から背を起こした「ヒゲマッチョ」は、「お腹空いたよねぇ」とお連れさんに声をかけた。その声が思いのほか優しい。

「ヒゲマッチョ」にエスコートされて店内に入ったのは、なんと、可愛らしい女性だった。

スーツ姿だから会社の後輩だろうか。「彼女ですか」とはさすがに訊《き》けない。

一度に客が帰ってしまったため、ホールに出て片付けを手伝っていた美紗紀も目を丸くした。おヒゲにご飯粒を付けたまま帰してしまった男性客に「彼女」である。

テーブル席の向かい側に女性を座らせた「ヒゲマッチョ」は日文を見上げ、またしてもニヤリと笑った。間違いなく彼女の存在を自慢している。

デートに定食屋もどうかと思うが、おそらく彼は、自分のお気に入りの店に連れて行きたかったのだろう。つまり、彼は「小日向」の定食をそれほど美味しいと思ってくれているのだ。

「ご注文はお決まりですか」

いつもはすぐに答えるくせに、今夜の「ヒゲマッチョ」は「ちょっと待って」と言いながら、連れの女性に、メニューを示し「これは絶品」だとか、「これは疲れている時にパワーが出る」とか、独自の解説を披露している。

たっぷり十分ほどかけて全メニューをレクチャーした後、ようやく注文が決まった。彼女は「ヒゲマッチョ」曰く「絶品」の唐揚げ定食、「ヒゲマッチョ」はロースかつ定食を選んでいた。

カツ。勝利の味を噛《か》みしめるのだろうか。日文は何やら微笑ましい気持ちで二人を見守っている。

キッチンに注文を通すと、美紗紀がチラリと客席を見ながら言った。

「デレデレですね。あれじゃ『デレマッチョ』ですねー」

「え」

「あ、私、あのお客さんのこと、ずっと心の中で『ヒゲマッチョ』って呼んでいました。だけど今夜は『デレ』だなと」

美紗紀は照れ笑いを浮かべた。こんなバツが悪そうな顔の同僚を見たのは初めてである。日文も噴き出した。

「美紗紀ちゃんもそう呼んでいたんだ。確かに今日は『デレマッチョ』だね。さっき、勝ち誇《ほこ》ったように笑われちゃった。あの女の子、間違いなく彼女だよ」

「勝ち誇ったように笑う？　日文さんにそんな態度を？」

「うん」

「あ、それは牽制《けんせい》ですね」

「牽制？」

「ほら、お風呂場の電球が切れたって、日文さんが困っていた日ですよ。あの夜、日文さん、男性客のこと品定《しなさだ》めするようにジロジロ見ていたじゃないですか」

「えっ」

誰でもいいから力のある人に縋《すが》りたかった。でも、それほど露骨《ろこつ》だっただろうか。

「それを熱い視線だと勘違いしたんじゃないですか。それで、ここは彼女がいることを示しておかなければと。本当に彼女かどうかは分かりませんよ。とりあえず、女性と一緒にいる姿を見せておこうって」

「何それ。私がフラれたみたいじゃない」

「いえいえ。でも、女性として意識はしたんじゃないですか」

「そうかもしれないねぇ」

信義までもが頷く。日文や美紗紀がいない時はホールで接客もするので、たいていの常連客のことを把握している。

「案外、男って繊細《せんさい》なんだよ。見た目はどんなにヒゲが濃くて男らしく見えても繊細。泊さんの視線に気付いて、もしかして、一人で定食屋に来る寂しい奴《やつ》って思われているのかもって気にしちゃったんじゃない？　それで、今夜はちょっと見栄《みえ》を張ってみたくなったんだろうね」

「あら、可愛い」

美紗紀が言い、日文は口を尖《とが》らせた。

「じゃあ、私も彼氏がいない寂しい女って思われたってことですよね。定食屋で朝から夜遅くまで働いていて、店の客に色目《いろめ》を使うような……」

信義は噴き出した。

「どうだろう。でも、それって僕らとお客さんとの一種のコミュニケーションだと思うんだ。何度も会うから、お互いのことに関心を持つわけだろ？　それ、泊さんとあのお客さんが育てた関係だよ。そういうのが、僕は楽しいと思うんだ。毎日同じ仕事の繰り返しでも、ちゃんと日々違うことが起きている。人と関わる仕事って面白いよね」

信義が客席のほうを見ながら言う。それぞれの席で、それぞれのお客さんが、自分の食べたいその日のおかずを、炊き立てのご飯と自慢の味噌汁と一緒に楽しんでいる。

「おひとりさま」たちが、ここでは純粋に自分の「夜ご飯」を満喫しているのだ。

日文は思った。

身体も小さく、頼りなく見える信義が、案外強い男性なのかもしれないなと。

「とりあえず、『ヒゲマッチョ』にはいざって時に電球を替えてあげる相手がいるわけですし、日文さんにも電球を替えてくれる弟さんがいたわけですから、何だか今夜はいい夜ですね」

美紗紀はカラッと揚がった「小日向食堂」特製の唐揚げと、黄金色《こがね》に色づいた熱々のロースかつが載った皿をデシャップ台に置いた。日文は炊けたばかりの艶《つや》やかな白米を茶碗に盛り付ける。

「今夜はおヒゲにご飯粒が付いていても、指摘してくれる相手がいるわけか」

そんな相手と一緒なら、「ヒゲマッチョ」はいつもよりも上品に箸《はし》を使うかもしれない。

日文は両手にそれぞれの料理が載った盆を持って、彼らのテーブルへと向かう。

「お待たせいたしました」と、常連の彼のニヤニヤ笑いに負けない笑顔で言った。

つくづく人を見かけで判断してはいけないと思う今夜。

良い夜だから飲みに行きましょう、と美紗紀ちゃんにしつこく誘われ、店長と三人で一杯飲んで帰った。私たちは三人とも一人暮らしだけど、店で朝から夜まで一緒にいるから、何だか家族みたいな気がする。

3

夏から秋

一人で具合が
悪くなったらどうするか
誰にSOSを出すべきか

目が覚めた。パチリと目が開き、「起きた」とはっきり分かる朝がたまにある。

まさに今朝《けさ》がそれだった。

カーテンを透かして差し込む朝日が眩《まぶ》しい。午前七時にセットしたスマホのアラームよりも前に目が覚めたというのに、なんという日差しの強さだろう。九月も半ばを過ぎたが、真夏とほとんど変わらない暑さがしつこく続いている。

夏の間、もう何度も感じた「家から一歩も出たくない」という誘惑に負けそうになる。アパートから三鷹駅までに汗をかき、電車で冷やされ、中野駅から「小日向食堂」までまた汗をかく。せめてもの救いは、サンモール商店街がアーケードになっていることだが、「小日向食堂」は商店街の奥だから歩く距離はかなり長い。

起きなくては。

日文は決心して身体《からだ》を起こそうとする。

昨夜、帰宅した時から点《つ》けっぱなしのエアコンのおかげで、部屋の中は快適である。

それなのに、背中はしっとりと汗をかいていた。

起きたいのに頭が持ち上がらない。腹筋に力を込めてみても、へなへなとしてまるで力が入らない。いったいどうしたことだろう。

渾身《こんしん》の力を振り絞って勢いよく頭を上げたとたん、激しい眩暈《めまい》に襲われて、頭はすぐに枕に沈み込んだ。

ようやく気付く。これは体調不良というものだ。しかも、とびっきりの。

昔から健康にだけは自信があった。子どもの頃、クラスで風邪《かぜ》が流行《はや》った時も感染から免《まぬか》れたし、社会人になって、ニュースでインフルエンザが各地で猛威《もうい》を振るっていると騒いでいた時も平気だった。

飲食店勤務では、こまめで入念な手洗いが欠かせない。それが習慣となり、日常でも手洗いとうがいを頻繁に行っていた。それが効果的だったのかもしれない。

何せ、具合が悪くなればつらいのは自分である。めったに病院にも行かないから、かかり付け医などいないし、仕事を休めば同僚に迷惑が掛かる。自然と自己管理を徹底するようになった。

そのせいで、久しぶりに感じた「具合が悪い」という状況に、日文はパニックになっていた。また眩暈に襲われる気がして、怖くて頭を起こせない。今まであんなに激しい眩暈を感じたことがあっただろうか。

もしかして死ぬのではないか。そんな不吉な思いまで頭をよぎり、ベッドに預けた身体の中で心臓だけが存在を主張している。

日文はまっすぐに天井《てんじよう》を見上げた。頭も目も冴《さ》えている。胸に手を置いて冷静になろうと努め、昨夜の自分を反芻《はんすう》した。突然だから不安になるのだ。原因さえ分かれば、安心できるに違いない。

昨夜はいつものように午後十一時過ぎに帰宅し、冷ややっこを夜食にした。シャワーを浴びて、午前一時頃にはベッドに入った。

まったくいつもと同じである。具合が悪くなる要因が見当たらない。

それなのに、全身を冷たいコンクリートで固められたようなこの感覚は一体何なのだろう。背中は汗ばんでいるというのに、ブルッと震えが来て、薄い肌掛けの下で身体を丸めた。

エアコンを消すべきか。しかし、消せばたちまち室温は上昇する。寒気《さむけ》は身体内部のものので、頬《ほお》や首筋はむしろ火照《ほて》っている。

何とも形容しがたい不快感に日文は戸惑《とまど》った。とりあえずエアコンのリモコンを探りあてると、胸元に抱え込む。

熱がある。それもかなり高い熱である。めったにないほどの。

となれば、いったい何度あるのか確かめたくなるのが人間である。

日文は記憶を頼りに、体温計の場所を頭の中で探す。

救急箱のようなものは一人暮らしを始めた時から用意していない。必要に応じて買い揃えていった風邪薬や胃薬は、そのつどキッチンか寝室兼居室であるこの六畳間の棚のどこかに置いていた。しまわれている、というよりも「置かれている」から、日常の風景に溶け込み過ぎていて、熱で朦朧《もうろう》とした頭にはすぐに浮かんでこない。そういえば、薬にも使用期限があったはずだが、それは大丈夫だろうか。

次々と泡沫《うたかた》のように湧《わ》いてくる思考に邪魔されながら、体温計を探していたのだと思い出す。

もういい。探しにいく気力はないし、考えるだけで目の前がチカチカしてきた。

そこでハッと気付く。

今日は休日ではない。仕事だった。さっきから、何か大切なことを忘れていると思ったが、これだったのだ。高熱のせいでどうにも思考がまとまらない。

日文はもう一度起きようと試みる。しかし、へなへなとすぐに崩れ落ちてしまう。

ダメだ、これではまったく仕事にならない。その前に店にたどり着けない。

こんなことは初めてである。これまで欠勤したこともないし、早退もほとんどない。めったに風邪などひかない日文だが、今ほど世の中が感染症に神経質でなかった数年前までは、熱が三十八度を超えていても、誰にも知らせずに店に立ち続けたこともある。

正直に言うとしんどかったけれど、「自分なら大丈夫」と言い聞かせて乗り越えたのだ。

あの時は、次の日が休みのシフトだった。だから、今日さえ乗り越えれば何とかなると思った。何よりも、今よりずっと若かった。

しかし、今日は四連勤中の二日目。今日を乗り越えられたとしても、まだその先がある。

幸《さいわ》い日曜日の今日は、信義と美紗紀が出勤のシフトである。平日より忙しいことは確かだが、あの二人がいれば自分が欠けても店は回る。

今になってスマホのアラームが鳴る。ようやく午前七時だ。

日文は枕元のスマホに手を伸ばした。アラームを解除し、信義に状況を報告せねばと思う。「休みます」と素直に伝えられればいいのに、日文の性格ではそれができない。状況を理解してもらい、仕事は無理だと納得してもらいたい。

メッセージを打つのも、電話で話すのもしんどい。

子どもの時は具合が悪くなると、母親が学校に「休みます」と連絡をしてくれた。いや、「休ませます」だったかもしれない。誰かがその日の自分がどうするかを決めてくれる。なんて楽だったのだろうか。

『具合が悪くて起き上がれません。休んでも平気でしょうか』

起き上がれないのに、答えを相手に委《ゆだ》ねるのもどうかと思いつつ、それだけ送信するのが精いっぱいだった。状況を伝えたことに安心し、仰向《あおむ》けになって目を閉じる。

もう一度、こうなってしまった原因を探る。

そこでハッとした。閉じた瞼《まぶた》の裏に、常連客の顔が浮かぶ。

「小日向食堂」では珍しい男子学生である。この春から週に一度は必ず訪れるようになったから、今年大学に入学して一人暮らしを始めたのではないだろうか。

訪れるのは週末の夜が多く、決まって唐揚《からあ》げ定食やエビフライを添えたハンバーグ定食などを注文し、若者ならではの旺盛《おうせい》な食欲を見せる。

定食屋チェーンは「ご飯のおかわり自由」を謳《うた》う店も多いが、「小日向食堂」はキッチリとした料金制で、大盛りはプラス三十円、おかわりはプラス五十円とリーズナブルに設定されている。ただ、彼はいつも標準サイズのご飯のみで、おかわりをしたことはない。でも、いつも物足りなさそうなのを日文は感じていた。

きっと食費がシビアで、週に一度の肉料理を励みに、普段は節約しているのだ。勝手にそう思い込んだ日文は、彼が訪れるとこっそり白米を多めによそっていた。

というのも、まだ幼さの残るこの常連客が、大学時代の同期にどこか似ているからである。

その同期は、瀬戸内《せとうち》の小島から上京した一人暮らしの民《たみ》であったが、節約のために小麦粉を常食とし、水で溶いて焼いただけというオリジナルの料理をいつも学友たちに自慢げに話していた。材料費は小麦粉だけで、簡単にお腹が満たされる。ジャムを載《の》せて甘くしたり、ソースをかけてしょっぱくしたり、自由自在に味がアレンジできるので飽きることはない、と。

けれど、しばらくして栄養失調で倒れて救急車で運ばれ、はるばる故郷から両親が駆《か》け付けるという大ごとになったのである。

高熱のために意識が朦朧としているせいか、走馬灯《そうまとう》のようにとりとめのない記憶が浮かんでは消えていく。本当に死んでしまうのではないかという不安も、時々その中に入り交じる。何とも言えない身体と心の浮遊感に意識が遠のきそうになる。

そこで、またふっと昨夜の光景に引き戻された。

そう。昨夜、その学生の常連客が訪れた。久しぶりに見かけたから、はっきりと記憶に残っている。「小日向」にひと月近く姿を見せなかったのは、夏休みを利用して帰省《きせい》していたからだろう。そのせいか、以前よりも少し頬のあたりに肉が付いたように見えた。

久しぶりの来店に嬉《うれ》しくなった日文は、いつものように白米を多めによそってあげた。

しかし、普段は米粒ひとつ残さない彼が、昨夜は半分近くご飯を残したのである。

その時に気付くべきだった。注文したのも、いつものボリュームのある肉料理ではなく、肉野菜炒《いた》めの定食だったというのに。

間違いない。彼はきっと具合が悪かったのだ。そういえば少し元気がなかった気がする。

彼の会計は日文が行い、食べ残した食器を片付けたのも日文だ。

その時、何らかの菌かウイルスをもらってしまったに違いない。

あのヤロー。

不意に怒りが込み上げる。その怒りは、すっかり弱った日文の胸の中で一瞬だけ熱く燃え上がったのち、すぐに消えた。

彼も今頃、一人で高熱に苦しんでいるかもしれないのだ。

今年から親元を離れた彼にとって、慣れない土地での病気はどれほど心細いことか。それに比べれば自分など、一人暮らしの民としては歴戦の強者《つわもの》である。

しばらくぼんやりとしているとスマホが鳴った。わずかな刺激も頭に響き、早く出ようと手を伸ばす。信義からだった。

『泊さん、大丈夫？』

「……大丈夫とはいえない状態です……」

自分でもびっくりするくらい、しわがれた声が出た。喉《のど》が張り付いたようになっている。そういえば、こういう時は水分くらい取ったほうがいいのではなかったか。

『店のことはいいから、今日はゆっくり休んで。何だろう、風邪かな？』

「熱が高いようなので、たぶん風邪です」

『体温計ないの？』

「あります。……どこかに」

一瞬の間。呆《あき》れられたかもしれない。

電話は切れた。信義の背後には街のざわめきがあった。店に向かって歩きながら電話をかけたのだろう。昨日までの日常がひどく遠くに感じられて、日文はとたんに心細くなった。

『お大事に』

体温計。薬。何か飲み物。

欲するものは色々とあるのに、やっぱりベッドから動けない。日文は諦《あきら》めて目を閉じた。こういう時、眠ってしまいたいのに、身体の各所が不調を訴え、やけに神経が冴えて眠れない。感覚はますます不調な箇所に集約され、痛みや不快感だけが増していく。

「うー」

日文は唸《うな》る。右を向いたり左を向いたり、「あー」「うー」と唸りながら楽な姿勢を探す。そのうちにいつしか微睡《まどろ》んでいた。けれど、浅い眠りはすぐに覚めてしまう。

スマホを見るとお昼時だった。今頃「小日向食堂」はランチタイムの真っ最中だ。ただでさえ週末はパートさんが休みで、人員が足りていない。日文の代わりに誰か学生バイトでも入ってくれただろうか。

病気は自分だけの問題ではない。周りにも迷惑をかける。口では「大丈夫」「ゆっくり休んで」と言ってくれても、間違いなく信義の負担は増えている。

何としても治さなければ。

日文はガンガンと痛む頭を押さえながら、上体を起こした。少し眠ったからか、今度はちゃんと起き上がることができた。

ベッドを下り、見当をつけて棚を探る。解熱《げねつ》鎮痛剤が見つかった。

冷蔵庫を開けると、作り置きの味の濃いご飯のお供の入った容器と、ペットボトルの水しか入っていなかった。常備している豆腐は昨夜食べてしまったのだ。せめてヨーグルトやプリンでもあればと思うが、こういう時に限って何もない。

また眩暈に襲われ、その場にしゃがみこむ。

こういう時、子どもの頃は母親がリンゴをすりおろしてくれた。

すりおろしリンゴなんて、自分では一度も作ったことがない。なぜかもう何十年も食べていない味を突然思い出す。熱で火照った身体に、冷たくて水っぽいリンゴの甘酸《あまず》っぱさが沁《し》みわたるようだった。

お母さん。

不意に幼い頃の記憶が蘇《よみがえ》る。温かな布団《ふとん》。守られた空間。しょっちゅう様子を見にきてくれた母親。具合が悪くても不安なんてひとつもなかった。いつもよりも優しく扱われ、学校まで休むことができて、風邪すらめったに引かない日文にとっては幸せな記憶である。

今は何もかも一人でやらなければならない。

早く治さなきゃ。日文は体温計も食べ物も諦め、水と薬を持ってベッドに戻った。

狭い部屋の中を少し動いただけなのに、とてつもない疲労感がある。薬を飲むとそのまま倒れ込んだ。

顔が火照る。手のひらが熱い。ちょっと動いただけで熱が上がったかもしれない。

そういえば、昔は氷枕なんてものを用意してくれたな。

それ以上に、水仕事で冷えた母親の手が気持ちよかった。

気付けば頬が濡れている。具合が悪くてすっかり気持ちが弱くなっているのだ。

大丈夫。薬は飲んだ。あとは安静にしていればよくなるはず。

日文は仰向けになって天井を見つめた。

ジワジワと外で蟬《せみ》が鳴いている。九月でも暑さが続けば、蟬はしぶとく生き延《の》びる。

カーテンの外が明るい。その明るい世界から自分だけが取り残されている。昨夜までは元気だったのに、たった数時間具合が悪いだけで、人はこんなにも不安になるのだ。

ふと思う。一人とはなんて恐ろしいことなのだろうか。

このまま本当に動けなくなってしまったら、どんなに苦しくても痛くても誰も助けてくれない。最悪の場合、死んでしまっても気付いてもらえないのだ。

こういう時は直人だった。困った時はお互い様。そう言いながら、直人はコンビニで買ってきたおにぎりやらサンドイッチやらプリンやらヨーグルトやらを、日文の部屋の座卓に並べてくれた。ヨーグルトには角切りのリンゴが入っていた。

　とはいえ、直人のほうが日文よりもしょっちゅう風邪を引いた。困った時はお互い様。やはり日文もそう言いながら、食料や飲み物を差し入れした。時にはリンゴをむいたり、うどんを作ったりしたこともあった。

　直人が懐かしい。

　伊吹には頼りたくない。なぜなら、前回もこちらからのお願いで電球を替えてもらったからだ。

　いくら姉弟《きょうだい》とはいえ、ずっと疎遠だった相手に立て続けに呼び出されれば、面倒に思うに違いない。姉弟だからこそ、それは避けたい。それに、伊吹には里香がいる。やっぱり、かつての直人のようにはいかないのだ。

　少し眠り、目が覚め、また眠り、時間だけが経っていく。スマホを見なくても、カーテン越しの光の入り具合で、夕方に近づいているのが分かる。

　眠ったという自覚はなくても、断片的な夢の記憶が残っている。直人、母親、幼い頃の伊吹。いずれも懐かしい人物が、目が覚めても瞼の裏にうっすらと残っていて、まるで自分の心細さを表しているかのようだ。夢ではすぐ隣《となり》にいた人々が、現実にはここにいないということが悲しくて、瞼が熱くなる。完全に心が弱くなっている。

薬を飲んで眠ったはずなのに、具合は一向によくならない。

ますます日文は焦る。以前は、目が覚めるたびに少しずつ体調も回復していたものだ。

もしかしたら、これは単なる風邪ではないのではないか。

昨夜の大学生の具合が悪そうだったのは偶然で、実はもっと前から何か深刻な病に侵《おか》されていたのではないか。

考え出すとマイナスの思考はますますエスカレートして、歯止めがきかなくなる。

明日も仕事に行けないのではないか。いや、仕事のことなど考えている場合ではない。親を残して死ぬようなことになったらどうしよう。このまま死んだらどうなるのだろう。

部屋の鍵《かぎ》は自分しか持っていない。万が一の場合、隣のモデル体型の女の子が、最初に異変に気付くのだろうか。異変とは異臭？　日文はゾッとする。

ごめんね、背の高い女の子。また怖い思いをさせてしまうね。

日文は胸の上で手を組んで、ありったけの謝罪の言葉を思い浮かべた。

大家さんにも迷惑をかけることになる。テレビのドキュメンタリー番組で見た、特殊清掃の業者がここにも来るのだろうか。殺風景《さっぷうけい》な日文の部屋を見て、彼氏もいないまま寂《さび》しい一生を終えた、三十代後半の女性の人生を憐《あわ》れむのだろうか。

いや、客観的にこの事態を眺めている場合ではない。まさに自分のことなのだ。

そんなふうになりたくない。誰か助けてほしい。

怖い。怖い。怖い。頭が痛い。

誰か助けて。

ほとんど無意識に日文はスマホを握っていた。

「助けて……」

スマホを握る手のひらにしっとりと汗をかいている。

『もしもーし。もしかして、日文さんですか』

とっさに日文がタップした番号は、勤務先の「小日向食堂」のものだった。

『ありがとうございます、小日向食堂、中野店です』という美紗紀のややハスキーな声を聞いたとたん、思わず「助けて……」という言葉が口をついたのである。

「助けて……」

もう一度繰り返す。

『え、ちょ、日文さんですよね』

名乗らなければ、イタズラ電話かホラー映画のようだ。かろうじて答えた日文は、気付いてもらえた安心感に意識が遠のきそうになる。

『大丈夫ですか、もしもーし』

さすがの美紗紀も焦っている。その声が次第に遠ざかっていく。

インターフォンが鳴った。遠くのほうに聞こえた音が少しずつ近づいてくるような感覚がある。ドアがどんどんと叩かれる。うるさい。近所迷惑じゃないか。いったい誰だ。

そこでハッと目を開けた。窓の外は薄暗くなっている。また眠っていたらしい。

思考がふわふわと不明瞭なのは、まだ熱があるからだろうか。

スマホが鳴り、日文はそろそろと手を伸ばした。美紗紀からだった。

『あ、やっと繋がった。日文さーん、大丈夫ですか。さっきから何度もかけているんですけど、今、家にいますよね』

「美紗紀ちゃん……」

『よかった、無事ですね。今、日文さんの部屋の前にいるんですけど、開けられますか』

「えっ、来てくれたの？」

ということは、ドアを叩いているのは美紗紀だ。

「今、開ける。ちょっと待っていて」

慎重にソロリと床に足を下ろすと、よろめきながらも何とか歩くことができた。

キッチンを横切り、玄関を開ける。ドアを開けたとたん、外からむわっとした熱気と、額に汗を浮かべたマスク姿の美紗紀の顔が迫ってきた。

「ああ、よかった。日文さん、無事だったぁ」

美紗紀は泣きそうな顔をした。いや、泣いていた。慌てて目尻《めじり》を拭《ぬぐ》い、「大丈夫なんですか」と日文の肩を摑《つか》む。

「美紗紀ちゃん、汗びっしょり。入って」

「本当ですよ。焦って来たんですから。あ、部屋の中、涼しいですね。気持ちいい!」

美紗紀の顔を見たとたん、日文の身体から力が抜け、その場に座り込んだ。

「あ、ヤバイ。大丈夫ですか。ちょっと横になりましょ。上がらせてもらいますよ」

美紗紀は日文を支えて、六畳間へ向かう。この部屋に母親と伊吹、そして直人以外が入るのは初めてである。

再びベッドに倒れ込んだ日文は、「まさか来てくれるとは思わなかった」と美紗紀を見上げた。嬉しくて、自然と口元が緩んでしまう。

「そりゃ、来ますよ。あんな電話をもらったら心配じゃないですか」

「とっさに、店にかけていた……」

「クソ忙しい時間に電話がかかってきたと思ったら、『助けて』ですもん。夜だったら間違いなく心霊現象を疑いますね」

「やっぱり? それしか言えなかった」

「おかげで切羽《せっぱ》詰まった状況は伝わってきました」

「でも、よく分かったね。私だって」

「朝から日文さんのことを考えていましたから」

「え」

「めったに休まない人が、急に休んだんですから、そりゃ、心配しますよ。ずっと大丈夫かなって考えていました」

「本当?」

「本当ですよ。店長だって同じだと思います。電話のことを店長に話したら、迷いもせずに行けって。夜の営業は何とかするからって言われたんです」

「店長まで?」

慎重ゆえに優柔不断でもある信義からは想像もつかない。

「はい。今日はなぜか忙しくて、ランチタイムが終わってもお客さんが切れなかったんです。きっと店長は休憩も取れませんよ。それでも、行けって。前にも日文さん、具合悪いのに働いていたことがあったそうですね。本人は何も言わなかったけど、気が付いたって言っていましたよ」

日文はハッとした。確かに「小日向食堂」で働き始めてからも、熱があっても休まなかったことが一度か二度かある。まさか信義は気付いていたというのか。

「……忙しかったのに、ごめん」

「命のほうが大切じゃないですか。店長、すぐに事務所に行って社員名簿を出してきて、日文さんの住所を教えてくれました。私はスマホで検索して、ここにたどり着いたというわけです」

「ありがとう。さっきまで本当につらくて、立てなくて、もう死んじゃうのかと思った」

「大変でしたね。ただの風邪だといいですけど……。熱は測りました？」

「体温計、探していない」

　美紗紀は噴き出した。

「ですよね。店長から店にあった体温計を渡されました」

　そういえば、朝の電話で呆れられたのだった。美紗紀がバッグから取り出した体温計をおとなしく受け取る。検温中にも美紗紀は次々に質問してきた。

「顔色悪いですよ。何か食べました？　水分は摂《と》っていますか。薬はあるんですか」

「部屋にあった薬は飲んだけど」

「何を飲んだんですか」

「解熱鎮痛剤。頭も痛かったから」

「空きっ腹によくない薬ですよね」

「すぐに食べられるものが何もなくて。レトルトカレーとかはあるけど、そんな気分じゃないし……」

「そんなことだろうと思いましたよ」

美紗紀は大きな布バッグから次々に食べ物を取り出していく。

「全部コンビニですけどね。でも、やっぱりコンビニって便利ですよね。アパートへの経路検索で途中にコンビニがあることが分かりました」

ペットボトルの水、お茶、リンゴジュース、ゼリー飲料、プリン、ヨーグルト、梅干しのおにぎり、レトルトのお粥《かゆ》、卵サンド、あんぱん、カレーパン。この光景を懐かしく思えたのは、直人の時とそっくり同じだったからだ。自然と涙腺が緩む。

「神……。女神様《めがみ》……」

「『助けて』なんて言われたら、だいたい想像はつきます。私だって一人暮らしが長いですからね」

日常生活におけるちょっとしたピンチは、同じ経験をした者にしか分からないだろう。

それはすぐさま美紗紀を向かわせ、体温計まで持たせた信義も同じだ。

体温計の電子音が鳴り、美紗紀は「どれどれ」と膝立ちのまま、ベッドの横までやってきた。二人で頭を寄せ合うように、小さな液晶画面を覗《のぞ》き込む。

「三十八度六分。解熱剤を飲んでこれなら、きっと電話をくれた時はもっとありましたね。そりゃ、さすがの日文さんでもダウンしますよ」

「……そうだね」

「じゃあ、何かお腹に入れてから薬を飲みますか。何がいけそうです？」

美紗紀は座卓の上を示した。

「リンゴジュースが欲しい。喉がカラカラ」

「はい、どうぞ」

美紗紀はまるで子どもにするように、ストローを挿して渡してくれた。

外の気温は真夏並み。コンビニの冷蔵庫で冷やされていたジュースもだいぶ温《ぬる》くなっていたが、日文にとっては程よい具合で、火照った身体をするすると内側から冷やしていく。

「美味《おい》しい。生き返る。リンゴジュース、飲みたかったんだ」

「やっぱり熱を出した時はリンゴですよね」

「美紗紀ちゃんもそうなんだ」

「え、違う人、いるんですか」

驚いたように言われ、日文は笑う。笑いながら、座卓に並んだ食べ物を眺める。

「食料も助かるよ。こういう時は梅干しが食べたくなるよね。でもさ、さすがにカレーパンは重くない？　他の食料と比べて、カレーパンだけ優しくないいんですけど」

「ああ、これは」

美紗紀はサッと手を伸ばすとカレーパンを摑んだ。

「私の分です。今日は忙しかったって言ってたでしょう。休憩も賄《まかな》いも取れなかったんです。お腹ペコペコなので、私もついでにいただいていいですか」

「もちろん。食べて」

「じゃ、遠慮《えんりょ》なく。あ、日文さんはおにぎりでいいですか」

「うん」

お互いにそれぞれの食品の包装を開く。かすかにカレーと脂《あぶら》のにおいが広がった。

「うわ。カレーパンの主張が強いですね。すみません、病人にはきついですか」

「大丈夫。あまり嗅覚《きゅうかく》もないみたいだから」

「最近は定食ばかり食べていたので、こういうジャンキーなパンが食べたかったんです。ちょうど良かった」

「あるよね、そういうこと」

「普段はあまりこういうのを食べないようにしているんです。私、健康には割と気を遣《つか》っていますし、いざという時にもちゃんと備えていますよ」

「たとえば？」

大きく口をあけてカレーパンを頬張った美紗紀を眺める。

「そうですねぇ、ちゃんと分かる場所に体温計はありますし、薬も各種揃えています。絆《ばん》創膏《そうこう》もたくさんありますね。ほら、キッチンで仕込みをしていると、いつの間にか指が切れてるじゃないですか。いざって時の保存食や水と一緒に、ベッドから手の届く範囲に置くようにしています」

カレーパンを咀嚼《そしゃく》しながら、噛《か》んで含めるように美紗紀が語る。暗に体温計の置き場も分からず、薬の場所も曖昧《あいまい》な日文を諭《さと》しているのだ。

「すごいね」

半分横になったまま、ちまちまとおにぎりを食べる日文は心から感心した。今すぐにでも「おひとりさまノート」を開いて書き留めておきたいくらいだ。

「だって、何かあったら困るじゃないですか。非常持ち出し袋とか、日文さんはちゃんと用意していますか？　寝る時はベッドの横にスリッパを置いておいてくださいね。さすがに裸足《はだし》では逃げられませんから」

「……はい」

おにぎりを食べ終えると、美紗紀は日文の家にあった解熱鎮痛剤を手に取り、水のペットボトルと一緒に差し出した。

「飲めますか」

「うん。美紗紀ちゃん、何だか慣れているね」

日文の肩を支えながら、美紗紀は微笑《ほほえ》んだ。

「私、よく熱を出す子どもだったんです。母と姉にはそのたびに優しくしてもらいました。甘やかされたから、そのお返しっていう感じですかね」

「返すなら、お姉さんとお母さんに返しなよ」

「や、今は離れて暮らしていますから。とりあえず身近な相手に返します」

「じゃあ、今度は私が返すよ」

「期待しています」

日文が薬を飲みこんだのを見て、美紗紀は満足げに笑った。再び横になった日文の上掛けを直してくれる。その手つきが優しい。

「この後、お店に戻るの？」

美紗紀は首を振った。「戻りませんよ。仕事はいいから、日文さんのところに行けって店長に言われたんですもん」

「嬉しいけど、お店は大丈夫なのかな。今日は休憩も取れないくらい忙しかったんでしょう」

「そんなことを心配していたら熱も下がりませんよ。忙しくても、少ない人数なりに何とかなるものです。そんなの、日文さんだって知ってるじゃないですか。昼は店長が二人分くらいの働きをしていました。夜は私の代わりに大学生が一人、入ってくれることになりましたから、大丈夫ですって」

そう、何とかなる。日文もそんな修羅場《しゅらば》を何度もかいくぐってきた。いつもより、多少料理の提供が遅れてしまう場合もあるが、何とかなるのだ。ただし、スタッフは立ち止まることもできないほど忙しい。それも知っているから、やはり申し訳ない。

「……ごめんね、本当にありがとう」

「そう思うなら、元気になったら店長を労《ねぎら》ってあげてくださいね。そうそう。伝言で、日文さんはこのまま明日と明後日《あさって》も休んでくださいとのことです。その分、店長が働きますから」

「えっ」

「今だってまだ熱が高いじゃないですか。明日出勤したら、またぶり返しますって。店長、言っていましたよ。日文さんがSOSを出すなんてよっぽどだって。だから大事をとってもらおうってことなんでしょうね。何せ貴重な人材ですから。私、そういう判断ができる店長のこと、ちょっと見直しちゃいました」

「一見頼りなさそうでも、やる時はやる人なんだよ」

「そうですね。中野店の社員さんは信用できます。前の会社は、表面上は仲良さそうでも、みんな陰では足を引っ張り合っているというか、陰口ばっかりだったな」

床に体育座りをした美紗紀は、膝に埋めるようにしていた顎《あご》を上げてため息をついた。

「そうだったんだ」

「そうだったんですよ」

「『小日向』も、その前の会社もそんなことなかったなぁ。飲食業界の人って、基本的に接客や調理が好きで、出世なんて考えていない人が多いからかもしれないね。自分のことよりも相手のことを見ているんだよ」

「だからですかね、居心地《いごこち》がいいんです」

「よかったじゃない」

「はい」

いつもは少しばかり斜《はす》に構えたような態度の美紗紀が、今は子どものように素直だ。さっきまで保護者のようにかいがいしく日文の世話を焼いていた姿からも大きなギャップがある。

「あ、ずいぶん長居《ながい》をしてしまいました。疲れましたよね。すみません。もう帰ります。その前に何かやっておいてほしいこと、ありますか」

「大丈夫、ありがとう。普段、こんなにゆっくり話せないから貴重な時間だったよ」

「そうですね」

「心細かったから、本当に嬉しかった」

荷物をまとめて立ち上がった美紗紀は、日文を見てふっと笑った。

「だって、『助けて』ですから」

熱のせいではなく、日文の頬が熱くなる。きっと一生言われ続けるに違いない。

一生？

誰かと一生続く縁《えん》なんて考えたのは直人以来だ。

「また何かあれば、ためらいなく電話してくださいね。店でも私でも店長でも。私の家は隣の吉祥寺ですし、夜中でも平気ですから」

「ありがとう」

美紗紀が買ってきてくれた食材は、後日精算することにした。

「いいですよ」と遠慮していたけれど、お互いに一人暮らしで、彼女はフリーターだ。そのあたりのけじめはしっかりしておきたかった。

玄関まで送ろうとしたが止められ、代わりに鍵を渡す。外から施錠《せじょう》したら、ドアポストに落としてもらうことにして、ベッドで美紗紀を見送った。

ドアが閉まり、鍵が落ちる金属音が響いた。美紗紀のヒールがカンカンと外階段を叩く音が次第に遠ざかっていく。

部屋がひっそりと静まり返る。寂しさが胸をよぎったが、心の中は温かかった。

まさか美紗紀や信義がここまで心配してくれるとは考えもしなかった。

ただの欠勤。しかし、その欠勤の深刻さを分かってもらえた。

日頃の日文の真面目《まじめ》な勤務態度が、二人にそう思わせたのかもしれない。

ねぇ、直人。私、何とかなっているよ。

天井を見つめたまま心の中で語りかける。

安心したせいか、薬のせいか、強烈な睡魔に襲われ、日文は目を閉じだ。

昼間の不安は嘘のように消えていた。

翌日に熱は完全に下がり、日文はベッドを出た。

こまめに美紗紀が安否確認のメッセージをくれたおかげで、不安がぶり返すこともなかった。

日文は座卓の前に座り、「おひとりさまノート」を開く。

今日もまだ日差しは強い。けれど、昨日まで聞こえていた蝉の声はすっかり聞こえなくなっていた。確実に季節は巡っている。


目覚めたら起き上がれないほど具合が悪くて驚いた。こんなこともあるのだ。

改めて一人身での緊急事態に対する備えが必要だと実感。

これから年齢を重ねれば、少しずつこういうことも増えていくかもしれない。

生存本能なのか、ほとんど無意識に店に助けを求めてしまった。

店長と美紗紀ちゃんに助けてもらった。

改めて職場で育《はぐく》まれる、単なる同僚ではない人間関係のありがたさを実感した。

この繋がりを大切にしたい。

常備薬の見直し→置き場所の検討
備蓄食料品の見直し→置き場所の検討
店長と美紗紀ちゃんがピンチの時は助ける。

三日間の休みをもらった翌日、日文はいつもよりも早く中野駅に降り立った。

信義よりも早く出勤し、キッチンの仕込みを進めておこうと思ったのだ。

体調不良とはいえ、本来なら出勤する日に三日も休ませてもらった恩返しのつもりである。

店の鍵は社員である日文も持っている。今日は自分が一番乗りと思い、サンモールを歩きながら、ポケットのキーケースを握りしめる。

しかし、すでにキッチンでは信義が仕事を始めていた。信義よりも早く到着するつもりが失敗である。つまり、信義が普段以上に早く出勤したということだ。

「おはようございます。店長、早いですね」

「泊さん。もう身体はいいの？」

「三日もお休みをいただいて、どうもありがとうございました。おかげで今日からしっかり働けます」

「よかったぁ」

信義がへらっと笑った。それは決して軽薄な笑いではなく、まさに力が抜けたような笑いだった。かなり疲労が溜《た》まっている顔だ。

「もしかして、私がいない間、いつもより早くから仕込みをしていたんですか」

「うん。金輪さんがいてくれればいいけど、パートさんや学生さんだと、ホールの準備が間に合わないこともあるからね。僕は余裕を持って終わらせたい性格だし」

生真面目《きまじめ》な信義は何事も慎重で計画的だ。その信義がまさか三日も休みをくれるとは思わなかった。それだけ日文のことを心配してくれたのだと思うと、嬉しくて、申し訳なくて、とても言葉では言い表せない気持ちになる。現に、この三日間はよほど大変だったらしく、明らかに信義は疲れ切っている。

「本当にご迷惑をおかけしました」

「泊さんは気にしなくていいよ。これはこの店の根本的な問題なんだ」

「え？」

「例えばだけどさ、抱えているバイトが多ければ、日常的にスタッフを揃えられるし、いざという時も誰かが働いてくれる可能性が高い。そうすれば、僕たちや社員並みに働いてくれている金輪さんにも負担にならない」

「……そうですね」

いったい、何の話が始まったのだろうと日文は目をしばたたく。

確かに、「小日向食堂　中野店」がつねに少数精鋭で営業しているのは、何も人件費削減を狙ってのものではない。単純にシフトに入れるバイトがいないからだ。周りには店が林立し、どこもパートやアルバイトを募集している。近隣に大学や専門学校もあって学生が多いとはいえ、つねに奪い合いの状態だ。

おまけに、最近は学生たちも条件のいいバイト先を検索し、忙しい職場を嫌う傾向がある。地味《じみ》なイメージのある定食屋など、募集をかけてもなかなか働き手が集まらない。

「エリアマネージャーの成神《なるかみ》さんには常々言っているんだけどね。もっと時給を上げてほしいって。それで集めるしかないのに、ここは近隣の飲食店よりも時給が百円以上安いんだ。それでバイトが来るわけがない」

普段はおっとりとしている信義が、今日は朝からやたらと饒舌《じょうぜつ》だ。疲労がピークに達し、日頃不満に思っていることを抑えきれなくなったらしい。

本社と店舗の間に立たされる店長とは、なんと損な役回りだろうか。

本社の方針でバイトが集まらなくても、人手不足で大変だとスタッフから不満をぶつけられるのは店長であり、それを解消するために働くのも店長だ。

幸い今朝はまだ時間がある。信義がめったに口にしない不満を受け止めようと、日文は覚悟を決める。

「そもそも泊さんが体調を崩したのだって、これまでの過重労働が原因だと思うんだ。いくら変形労働時間制で、数字だけ見れば労働時間は週に平均四十時間だとしてもだよ、実際にはバイトが集まらない朝や夜は社員が働かなきゃいけないから、拘束時間はとてつもなく長いよね。一日の半分以上店にいる日がほとんどなんだから」

「まぁ、そうですね」

実際に最近は日文と信義、それに美紗紀を加えた三人で開店や閉店の作業をすることが多い。パートやアルバイトに任せたくても、週に数回、短時間しか働かないスタッフが多くては任せられないのが実情だ。何かあった時の責任問題にもなってしまう。そのため、長時間の拘束になる。ただし、バイトやパートが揃った時間帯は休憩時間に充てて帳尻《ちようじり》を合わせている状況だ。三時間休憩なんてことも珍しくない。

信義は続ける。

「休日に関しても同じだよね。本社から見れば、週休二日取れているから問題ないと思えても、実際にはバイトの出勤状況によって僕らの休みが決まるんだ。予定なんて立てられないし、生活のリズムだって乱れてしまう。飛び飛びの休みばかりでリフレッシュできないしね。今までこの仕事はそういうものだって思ってきたけど、世の中も変わってきているる。パートやアルバイトだって、時間給だと割り切りすぎて融通が利《き》かないし、やる気のある人も少ない。スキマバイトみたいな仕組みもあるけど、ウチの会社はそういうのを使う気はないし、僕としても常連客が多いから、店のこともお客さんのこともしっかり把握しているスタッフが欲しい。そういうことをさ、もっと本社にも真剣に考えてほしいんだ」

信義の色白の頰がすっかり紅潮《こうちょう》している。この三日間、必死に働きながら、様々なことを考えたに違いない。

「店長、確かにそうですけど、ちょっと落ち着きましょうか。私、別に過重労働じゃないですよ。この前来た常連の学生さんから風邪をうつされたんです。いつもきれいに完食するのに、あの夜はご飯を残していたし、見るからに具合が悪そうだったんです。私が戻ったからにはもう心配ありません。店長の分も働きますから、明日は休んでください」

信義はふるふると頭を振った。

「泊さん、それがいけないんだ。たぶん僕らは飼い慣らされてしまっている。社畜《しゃちく》なんて言葉を聞いて、同じ会社員でありながらホワイトカラーの話だと思っていなかった？　他人事《ひとごと》じゃないんだよ。僕たちも飲食業界の常識に囚《とら》われて、すっかり自分をないがしろにしていたんだ」

「いや、そんなことはないと思いますけど」

「そもそもこの業界の先達《せんだつ》は、朝から夜中まで店に籠《こも》って働くのが当たり前で、いわば情報弱者なんだ。ウチはまだ比較的新しい会社だけど、老舗《しにせ》チェーン店では全店にパソコンが導入された時、ベテラン勢がこぞって頭を悩ませたという。これまでファックスすれば済んだものが、慣れない機械に入力して送信しなくてはならないんだからね。電話で話せば済んだことも、いちいちメールで報告しなければならない。もちろんこれまでキーボードなんて触ったこともない、ずっと接客や調理の現場を生きて来た人たちがだ」

「はぁ……」

「だからね、僕はこの際、はっきり言ったんだ」

「え」

「いい加減、アルバイトの時給を上げて、大々的に募集をかけてほしいって。それが根本的な原因だろ？　スタッフが揃っていれば、一人一人の負担も軽くなり、ずっと働きやすくなる。そうなれば、すぐに辞めちゃうバイトの定着率もよくなるはずだ。僕たちの負担も大きく減るよ」

「それ、成神マネージャーに言ったんですか」

「言った」

「どうなりました？」

「今日の営業前に来てくれるそうだよ。ここで話し合いをするんだ。だから、早く仕込みを終わらせないと」

「そういうことだったんですか」

日文は納得する。マネージャーがめったに訪れない中野店に足を運ぶなど、よっぽどのことだ。従順で扱いやすい店長だったはずの信義が、本社の方針に意見したのがそれだけ衝撃《しょうげき》的だったのだろう。

「もう味噌《みそ》汁《しる》の出汁《だし》は取ってある。あとを引き継いでいいかな。今日の具材はなめこだから。金輪さんが来たらホールは任せよう。僕はサラダの準備をする」

「了解です」

日文はストック棚から業務用のなめこ缶を運ぶと、ザルで水分を切る。

美紗紀が到着したのとほぼ同時に、スーツ姿の男性が二人入ってきた。一人はこのエリア担当の成神マネージャーで、もう一人は日文の採用試験の時に面接をしてくれた男性だった。

「人事の大熊《おおくま》さんも来たか。気合入れて行ってくるよ」

信義は決意を込めた声で言うと、エプロンを外《はず》してホールへ出ていく。美紗紀は本社からの客人と見当をつけて、愛想《あいそ》よくボックス席へ案内してくれ、信義を気にしながらキッチンにやってきた。

「日文さん、おはようございます。ようやく復帰ですね」

「おかげさまで。ご迷惑をおかけしました」

「いえ。あれ、本社の人ですよね」

「やっぱりこの三日間、相当大変だったみたいだね」

「店長、昨日の休憩時間に、長々とマネージャーに電話していたんです」

「そうなんだ」

「私が日文さんの家に行った夜が大変だったみたいですよ。学生バイトだけじゃホールは回らないし、かといって調理も心配だし。さすがに店長も参ったみたいです。本社にしてみれば、バイトを育てられない社員が悪いってことになるんでしょうけど、そもそも週に一回か二回、せいぜい三、四時間しか入らないバイトに仕事を任せようっていうのがおかしいんです。でも、そんな頼りないバイトですら、中野店では貴重なスタッフの一人として戦力に加えないわけにはいかないんですからね」

美紗紀はボックス席を横目で見ながら、盛大に悪態をつく。自分もバイトとはいえ、社員とほぼ同じシフトで働いてくれているから、冷静に店の状況を見極めているのだ。日文もそっとため息をついた。

「そうだね。育てようにも、店に来ないんじゃ育てようがない。せっかく教えても、次にシフトに入るのが一週間後だったら、すっかり忘れているしね。何のために教えたんだって、内心怒《いか》り心頭《しんとう》だった」

「日文さん、よく我慢していますよね。私、言っちゃいますよ。前も教えただろって」

つまり、任せられないからこそ、社員や美紗紀が横で目を光らせているのである。

今回はたまたま日文が倒れたが、もしかしたら信義の精神のほうが先に参ってしまう可能性もあった。

「店長、言う時は言うし、やる時はやりますねぇ」

美紗紀が感心したように言った。手はテキパキと紙ナプキンや爪楊枝《つまようじ》の補充をしている。さすがに話し合いの最中とあっては掃除機をかけるわけにはいかず、テーブルのセッティングから始めることにしたようだ。

「美紗紀ちゃん、ちょっと相談なんだけど」

日文はホールに行きかけた美紗紀を手招きした。

実は、休んでいる間に考えたことがあったのだ。


話し合いは一時間以上も続き、開店の三十分前にようやく本社の二人は帰っていった。

玄関まで見送り、キッチンに戻ってきた信義の表情を窺《うかが》う。

「どうでした？」

「バイトの時給アップを早急に検討してくれるって。ちょっとばかり上げてもインパクトがないから、一目で近隣の飲食店よりも高いって分かるぐらい上げてくれって要求しておいたよ」

信義はまだ興奮が抑えきれない様子で鼻息が荒く、普段は青白いほどの頰もうっすらと紅潮したままだった。

「やったじゃないですか。応募があるといいですね」

「それだけじゃないよ。社員を一人回してもらえることになった。新入社員だけど、シフトが不安定なバイトより、よほどマシだよね」

「社員！」

「新入社員ですかー。たとえ仕事はできなくても、朝と夜の負担を考えれば、ずっと店にいてくれるだけでありがたいですねー」

「僕だって色々と考えているんだよ」

要望を聞き入れられて自信がついたのか、今日の信義はいささか強気《つよき》である。

「新入社員はいつ来るんですか」

「こちらも早急にって言っていたよ。バイトの時給アップは上申も必要だろうけど、新入社員の異動なら、人事部長の一存で何とかなるんじゃないかな」

「店長」

日文はおずおずと手を挙げた。先ほど美紗紀には相談し、了承を得ている。

「私、三日も休ませていただいて、その間、店長は私の代わりに出勤してくれました。自分のお休み返上で」

「泊さんは病欠だもん、仕方ないよ。そういうのは突然のことだし。それに、僕は店長だから」

「ほら、やっぱり店長だって、そうやって諦めてしまっているじゃないですか」

「あ……、でも、これはやっぱりさ」

自分のこととなると、信義も言葉に詰まる。

「さっき美紗紀ちゃんと相談して、店長にも連休を取ってもらおうという話になりました。ウチの会社、お盆休みもお正月休みもないじゃないですか。どこの店舗でも、公休の範囲内で連休を作って、それを夏休みだって、無理やり納得させていますよね。でも、中野店ではそれすらもできていません」

「そうだけど、僕は連休にするより、分散して休日があったほうが、身体が楽なんだよ」

「確かに、五連勤、四連勤は、朝から夜遅くまで働く今の状況ではキツイですけど……。あ、それなら有給を使って、今月は休みを増やすのはどうですか。店長、どうせ有給も溜まりまくっているんでしょう？」

「そうだけど、さすがに有給は……」

先ほどまで意気込んでいた信義は、日文と美紗紀に迫られ、壁際《かべぎわ》に追い込まれている。

「当然の権利だと思いますよー。普段、必死に店を守っているんですから。どうぞ遠慮なく」

「そうです。店長もさっき自分で言っていたじゃないですか、飛び飛びに休みがあっても、全然リフレッシュできないって。その通りですよ。疲れ切った身体に一日ばかりの休みでは、いつもより寝坊して、家事をしたらあっという間に終わってしまうんです。私、今回三連休をもらって実感したんです。たまにはまとまった休みが必要だって。今回は体調不良でしたけど、明日も休みだという解放感は何物にも代えられません。一日目は疲れを癒《いや》し、翌日は何をしようかと期待に胸を膨らませる。そんな解放感を店長にも味わってもらいたいんです」

「いや、だって泊さんは具合が悪かったんだもん。それとこれとは……」

「何言っているんですか。私も日文さんも、大変な思いをした店長を労いたいんですよ。倒れた日文さんを店長が心配したように、私たちも店長のことを心配しているんです。このまま働き続けたら店長も……」

「それって、僕が病みそうだってこと……？」

すっかり縮こまった信義は上目遣いに二人を見上げた。今朝の、何かに取り憑《つ》かれたような信義の様子を思えば、その危険もありそうだと思ったが、日文と美紗紀は首を振った。

「いえ。店長はまともです。正常で冷静な判断があったからこそ、マネージャーに意見できたんです。私たちが言いたいのはそういうことではなく、たまにはゆっくり休んでほしいということなんですよ」

「そうそう。最近、旅行なんてしましたか。日常を離れるのもいいですよ」

美紗紀が「旅行」と口にしたとたん、信義がハッと、まるで夢から覚めたような顔つきになった。

「……じゃあ、帰省しようかな」

「帰省！　いいじゃないですか」

「もうしばらく帰っていないんだ。ほら、ここの店、年末年始も営業だし。実家はものすごく遠いわけではないけど、日帰りできる距離ではないから」

「いってらっしゃい、店長。出身は新潟《にいがた》でしたっけ。ご両親、きっと喜びますよ」

「うん。新潟のド田舎《いなか》。隣の家との間に田んぼがある」

「それ、隣って言うんですか」

「でも、隣だし」

「広大ですね」

「そう、広大なんだ。田んぼの中に家が点在しているっていうのかな。春先に田んぼに水を張ると、そこらじゅうでカエルが鳴き出して、うるさいのなんの」

ぽつりぽつりと故郷の状況を語り出した信義の瞳《ひとみ》には、本社スタッフと相対した時の興奮も、その後日文たちに詰め寄られた時のたじろぎもない。ただ、穏《おだ》やかに遠くを見つめているようだった。その先には、まるで稲穂《いなほ》の上を渡る風や、夕暮れの空を飛び回る赤とんぼが見えているのではないかとすら思えた。

そんな信義の表情を見ているうちに、日文と美紗紀の心も不思議と落ち着いてきた。

「シフトを作るのは店長ですから、好きなところで三連休でも四連休でも取ってくださいね。その間は私が出勤しますから、ご心配なく」

「日文さんが働くなら私も働きます。バイトは働けば働いただけお金がもらえますから、気にせずに休んでください」

「ありがとう。新入社員がいつ異動してくるか、確認してからにするよ」

すっかり帰省に乗り気になった様子の信義は、あっさりと頷いた。

店が開店してからも、信義は喜びを抑えきれない様子で上機嫌《じょうきげん》だった。

いつにない明るい顔を見るたびに、日文と美紗紀も微笑み合った。

日文にとって久しぶりの職場はやけに新鮮に感じられ、迎え入れる常連客さえも懐かしい。三日間仕事を離れたせいか、すべてが愛《いと》おしく感じられるのだ。

信義や美紗紀と一緒に働くこの職場が好きなのだと、日文はつくづく実感した。

今年の四月に入社した木下巧《きのしたたくみ》がやってきたのはそれから二週間後、東京にもようやく秋の気配《けはい》が感じられるようになった頃のことだった。

良くも悪くも純粋な若者である。初日の仕事ぶりを見た美紗紀は「バイトと変わらない」と辛口の評価を下したが、日文はそれでいいと思った。巧は社員である。これから学んで伸びていけばいい。そして伸びるかどうかは、本人のやる気と先輩の教え方次第なのだ。

「小日向食堂」はチェーン店とはいえ、店舗によってやり方に多少の違いがある。料理のレシピや接客マニュアルなど、本社から与えられたものは共通でも、仕込みのための出勤時間や細々《こまごま》とした店舗のルールは、そこの店長によるものが大きいからだ。一週間が経ち、巧がひと通り中野店のやり方を覚えると、信義は練《ね》りに練ってシフトを完成させ、帰省のための四連休を確保した。

連休前の夜、信義は明らかに浮かれていた。

二年近くも帰省をしていないというから無理もない。両親や飼い犬のシロ、そして大半が近所に暮らすという親戚《しんせき》たちに会うのも楽しみなのだろう。

一族のほとんどが地元に残る中、東京へと出ていった信義は異端児《いたんじ》であり、一族の誇《ほこ》りでもあった。そのため、帰省するたびに全員が集まって、盛大にもてなされるという。

「じゃあ、ありがたく帰省させていただくよ。その間の店長代行は泊さんだけど、何かあったらいつでも連絡して」

「大丈夫ですよ。何かあればマネージャーを呼び出しますから。それよりも、親孝行《おやこうこう》してきてください」

遠足を待ちわびる子どものような顔をした信義と別れ、日文は中野駅へと向かった。

明日からは四日間、自分が責任者となるのだ。やる気とともに、いくばくかの緊張も感じて身が引き締まる。

それ以上に、久しぶりの帰省で両親に会えることを、心から楽しみにしている信義が羨《うらや》ましかった。日文は自分の故郷に対して、そんなふうに思ったことはない。


翌日の夕刻のことである。ホールにいた日文は、来店を告げる電子音に反応して「いらっしゃいませ」と顔を上げた。

入口に立っていたのは、常連の男子学生、つまり日文に風邪をうつしたと疑わしい人物だった。

まだ常連客を覚えていない巧に、「近所の学生さん。週一ペース」とこっそり教え、自分から率先して、カウンター席に着いた彼にお冷《ひや》とおしぼりを持っていく。

日文が発熱して休みをもらってから三週間以上経つが、その間、一度も姿を見ていなかった。もちろん日文が休みの日に来店している可能性はあったが、こうして迎えるのは久しぶりだ。だから、そのまま口にした。

「いらっしゃいませ。お久しぶりですね」

それくらいの会話ができるくらいには、常連客との距離を縮めている。もちろん客にもよるが、気さくに声をかけられるかどうかの判断も、長年の経験で培《つちか》われている。

「本当に久しぶりです。ええと、最後に食べたのは肉野菜炒め定食だったかな。あの翌日から高熱を出してダウンしちゃったんです。風邪にしてはかなりの重症で、新学期早々大学にも行けず、ずっと家で寝ていました」

彼は屈託《くったく》なく笑顔で答えた。

やっぱり。日文は心の中で頷く。

今さらどうでもいいことだが、原因が分かればスッキリするものだ。

「それは大変だったね。一人暮らしなんでしょう。心細くなかった？」

メニューに視線を落としていた彼は、顔を上げてにこっと笑った。

「それが、実家からお母さんが救援に来てくれました。大学生にもなって恥ずかしいですけど、本当にありがたかったです」

はにかんだ笑顔と、「お母さん」という呼び方に幼さが感じられて、何とも可愛《かわい》らしい。

「そう。よかったね。やっぱり一人は心細いもの。お母さんが来たなら、安心したでしょう」

「はい。色々と助かりました。風邪を引くなんて栄養が足りていないんじゃないかって、スーパーに買い出しに行ってくれて、冷凍庫にも冷蔵庫にも入りきらないくらい料理を作って帰っていきました。大事に食べていたんですけど、とうとう食べ切ってしまって……」

「それでここに来てくれたんだ」

「そうなんです」

「今夜はどうする？」

「久しぶりだから、唐揚げ定食。お母さんの料理、美味しいけど、どちらかと言うとヘルシー系だから」

「かしこまりました。食欲はバッチリね？」

「はい、もうバッチリです」

彼は白い歯を見せて笑い、力こぶまで作って見せた。ますます可愛らしい。

日文はキッチンの前に戻って注文を通す。今夜はご飯を大盛りにしても残さずに食べてくれるに違いない。そこで横の巧に気付く。

「あのお客さんには、実はちょっとだけご飯の盛りを多めにしているんだよね」

正直に打ち明けると、巧は親指を立てた。

「了解っす。俺も学生時代、食堂のオバチャンにオマケしてもらって嬉しかった記憶がありますから」

何と理解のある子だろう。社員としては良くないかもしれないが、こういうタイプが人に好かれ、意外と大物になったりする。

それにしても学生の彼が、一人で苦しんでいなくて本当に良かった。

心からそう思えたのは、きっと自分も信義や美紗紀に助けられたからだろう。

人の優しさに触れると、自分も優しくなれる。それは直人から学んだことであり、直人が遠くへ行ってしまって、自分には失われてしまったと思ったものだった。

それが、こんなにも身近な場所にあったのだ。


四日間の休みなどあっという間である。

けれど、めったにない四日間だから、信義にとってはまさに仕事から切り離された素晴らしい時間になったはずだ。さぞリフレッシュして戻ってくるだろう。

そう日文も美紗紀も思っていた。中野店の先輩たちの状況を知らない巧でさえ嬉しそうなのは、おっとりと優しい店長が店に戻り、つねに目を光らせている日文や美紗紀の監視下から逃《のが》れられると思ったからだろうか。

連休の後とはいえ、遠方からの移動を考慮して、休み明けの信義の出勤時間は、「小日向食堂」が開店する午前十一時というシフトになっていた。

日文が予想した通り、真面目な性格の信義は、開店時間よりも二十分ほど早く到着した。

「お帰りなさい、店長。久しぶりの故郷はどうでしたか」

「ご両親も喜んだでしょう。リフレッシュできましたか」

さっそく日文と美紗紀に迫られた信義は、ピクリと頬を引きつらせた。

二人はそこで異変に気が付いた。故郷でリフレッシュしてきたはずなのに、信義はこれまでに見たこともないほど、浮かない顔をしているではないか。

「さてはアレですね。東京に戻ったとたんに里心《さとごころ》がついて、ホームシックなんじゃないですか。久しぶりに両親や親戚に会って賑《にぎ》やかに過ごせば、そりゃ東京に戻りたくなくなりますよねー」

美紗紀が茶化《ちゃか》すように言った。もちろん思いつめた顔をしている信義の気持ちを解きほぐすためだ。

「いや、ホームシックではないよ……」

信義は肩を落としたまま、ため息を漏らすように答えると、手に提《さ》げていた大きな紙袋を日文に差し出した。「これ、お土産《みやげ》」

「ありがとうございます」

受け取ってみれば、ずしりと重みがあった。さっそく美紗紀が飛びつき、「わぁー、何だろう」とその中身をカウンターに並べ始める。予想もしなかった信義の態度に、何とか盛り上げようと必死である。

「わぁい、お煎餅《せんべい》がいっぱい。新潟と言えば米菓子ですもんね。サラダホープ、美味しいですよね。あっ、一番下にある、これは何ですか。笹団子？　うわ、ずっしり重いじゃないですか。店長、はるばる大荷物をありがとうございました」

静々《しずしず》と店の奥に向かっていた信義は、足を止めて振り向いた。

「どっちも美味しいから、食べてもらいたかったんだ……」

ポツリと言うと、「着替えてくる」と事務所に入ってしまった。

残された三人は顔を見合わせた。

いったい故郷で何があったというのだろう。

たまには仕事を忘れてリフレッシュしてほしいと、ほとんど無理やり取らせた、めったにない四連休だったというのに、これでは逆効果ではないか。

いつも穏やかで、たとえ本社に不満があろうとずっと心に押し込め、にこやかに仕事をしていた信義のこんな態度は初めてである。

それを知らない巧だけが、不安げな日文と美紗紀をポカンと見つめていた。

とりあえず、今日も「小日向食堂」開店である。

4
秋から冬

一人で生き抜くために
必要なこと
一人の人生を楽しむために
必要なこと

午前八時半前。出勤するのと同じ時間に家を出た。

十一月の朝の空は快晴でも白っぽく見える。やわらかな日差しが、色づき始めた街路樹の葉を輝かせている。すっかり冷たくなった空気が清涼に日文の肺を満たしていく。

いつもは駅に向かって歩く道を、今日は反対方向に歩いている。それも、倍のペースで。

次から次へと駅へ向かう人々とすれ違う。これから仕事なのに、いや、仕事だからか、朝だというのに楽しげな顔はひとつもない。普段の日文もこんな顔をして駅へ向かっているのだろうか。思えば、普段の自分の表情など意識したことはない。

でも、今は分かる。口角が上がっている。きっと目も輝いている。楽しいのだ。

しつこく続いた夏のような暑さが収まるのを待って、日文は休日のウォーキングを始めたのである。

玉川上水《たまがわじょうすい》沿いの道は雰囲気がいい。水路に沿った木立《こだち》は秋らしい色に染まり、水の流れと相まって、ひときわこのあたりの空気は澄《す》んで感じられる。歩道は整備され、かといって車道の交通量もさほど多くはなく、片側は閑静《かんせい》な住宅街である。駅に近いその奥のほうに日文のアパートもある。

アパートを拠点に、東西南北、その日の気分で色々な方向に歩いてみようと思い、最初に選んだのは玉川上水を吉祥寺方面に向かって進み、井の頭《いのかしら》公園に突き当たるコースだった。井の頭公園は広大であり、散歩のコースとしては申し分ない。二度目は深大寺《じんだいじ》方面を目指そうと思っていたものの、結局、もう何度も同じ道を歩いている。

朝の空気は気持ちがいい。いたる所に落ち葉が積もり、乾燥した風にも枯れ葉のにおいが感じ取れる。

不意に故郷の風景を思い出した。

故郷の秩父《ちちぶ》は自然が豊かだった。住宅街の先の荒川《あらかわ》の河原《かわら》は、秋になるといつもこんなにおいがした。向こう岸には急峻《きゅうしゅん》な斜面、生《お》い茂《しげ》った草むら、意外と速い水の流れ。渓流《けいりゅう》釣りに没頭する男性の姿や、河原でバーベキューを楽しむ人々の煙《けむり》の臭《にお》いまで鼻の奥に蘇《よみがえ》ってくる。

しかし、日文にとっては、郷愁《きょうしゅう》に浸《ひた》る類《たぐい》の記憶ではない。そのくせ、三鷹の住宅街から漂《ただよ》ってくる卵焼きのにおいには、やけに胸を締め付けられた。高校時代、母親が作ってくれるお弁当には必ず卵焼きが入っていたのだ。

それにしても、駅とは逆方向に向かう爽快感。仕事に向かう人々とすれ違うたびに、平日休みの自分に快哉《かいさい》を叫びたくなり、その反面、どこか後ろめたいような感じもある。

これが田舎《いなか》ならば、平日の昼間に街をうろついているだけで噂《うわさ》になるが、東京では誰も気に留めない。それが心地《ここち》よい。

夏の終わりに突然の体調不良に襲われ、三日間仕事を休んだ日文は、健康に対する意識を改めた。それまでは自分を過信していたのだ。まさかあんなに簡単に風邪《かぜ》をうつされてしまうなんて、気付かぬうちに免疫力が低下していたと言わざるを得ない。慢性《まんせい》的な睡眠不足。店での賄《まかな》いに頼り過ぎる食生活。立ち仕事なのをいいことに、運動など何ひとつしてこなかったこと。数え上げれば、心当たりはいくつもあった。

何せ、四捨五入《ししゃごにゅう》すれば四十歳。この前のような不安な思いをしないためには、体調を管理して、具合が悪くならないことが一番だ。何よりも同じ境遇である美紗紀が、思いのほかあらゆる備えをしていることに衝撃《しょうげき》を受けた。自分はまだまだ甘かったのだ。

そこですっかり回復した日文は、食生活に気を配り、体力づくりのためにウォーキングを始めることにした。

視界の先に、まるで物語にでも出て来そうな洋館が見えてくる。山本有三《やまもとゆうぞう》記念館だ。やや奥まったところにある、立派な門構《もんがま》えを横目で見ながら通過する。

アパートからも近いのに、この道をこうして歩くのはいったい何年ぶりだろうか。

学生時代、同じ三鷹に住んでいた直人とは、お互いに上京組ということもあって、市内のあちこちを探検した。その時にこの洋館も見学したし、今回と同じルートを歩いて井の頭公園にも行ってみた。

自然豊かな故郷から上京し、東京はコンクリートの街だと思っていた二人にとって、都心とは多少離れているとはいえ、思いのほか緑の多い三鷹の街と井の頭公園の広大さには大いに驚かされた。

興奮のままに自然文化園《しぜんぶんかえん》でモルモットや猿山を眺め、井の頭池を一周し、売店を見かけるたびに買い食いをした。一日中歩き回ったのに、楽しい記憶ばかりで疲れた覚えはない。

昔の思い出といえば、必ず直人だ。

今になって、自分のあまりに狭い人脈を情けなく思う。

日文は石畳《いしだたみ》の歩道を歩き続ける。最初はどれくらい歩けば公園に到着するのか見当もつかなかったが、今は周りの景色を見れば、あとどれくらいか分かるようになった。

就職してからは一日の大半を職場で過ごすようになり、アパートのあるこの街は寝るために帰る場所になってしまった。でも、こうして歩くようになってからは、自分の暮らす街としての愛着が深まっていく。

そうなると、今度は欲が出てくる。もっとこの街が知りたくなる。関わりたくなる。

ウォーキングを続けていれば、そのすべてが叶いそうな予感があり、毎回、胸を躍《おど》らせて朝の街へと踏み出していく。

目の前に鬱蒼《うっそう》とした木立が見えてくる。玉川上水は緩やかに方向を変え、歩いてきた道は吉祥寺通りに突き当たる。井の頭公園に到着である。

大きく育った木々と下草の広がる森を見るたびに、またしても故郷の景色を思い出す。秩父は四方を山々に囲まれた盆地で、荒川がそこを貫《つらぬ》いている。駅前を中心とした市街地から離れるにつれて住宅はまばらになり、奥深い自然へと緩やかに繋がっていく。市内には有名な寺院や神社もあり、都心からのアクセスも適度に良いことから、参拝客や観光客も訪れる土地である。けっして賑《にぎ》やかではないけれど、さびれているわけでもない。しかし、山並みが迫るあの街を思い浮かべるたびに、苦い記憶が水に落とした墨汁《ぼくじゅう》のように広がって、懐かしい記憶すらも侵《おか》してしまうのだ。

吉祥寺通りを渡り、森に入る。少し迷って陸上競技場のほうに進む。開けたグラウンドは開放されていて、走っている人、ストレッチをしている人、様々な人が思い思いのことをしている。木立を通過し、犬の散歩をしている人とすれ違う。ベンチには読書をする人や勉強をしている学生もいる。ここには日文の知らないコミュニティがある。

一人でいることを意識するようになってから、逆に人との繋がりを求めるようになった。何でも一人でできるほど自分は強くはない。それをはっきりと認識したのだ。

直人のように親密でなくていい。職場の美紗紀や信義のように、深く関わるわけではなく、でもいざとなれば助け合えるような、そういう繋がりをもう少し増やしたい。

翌日の「小日向食堂」である。

「実はね、私、ウォーキングしているんだ」

始めてからまだ一か月も経っていないのに、さも以前から続けているように誇《ほこ》らしげに宣言した日文に、美紗紀はしれっと答えた。

「どこ歩くんですか。私は毎日一駅分歩いていますけど」

「え」

「ウチ、本当の最寄《もよ》り駅は井の頭線の井の頭公園駅なんです。だから、吉祥寺駅から家まで一駅分、毎日歩いています」

予想もしなかった返答に日文はポカンとした。

「この会社、交通費は全額支給してくれるよ」

「いいです、いいです。乗り換えが面倒ですし、好きで歩いているんですから。ダイエットにもなりますよ」

何やら大変な秘密を聞いてしまった気がして、自分よりもずっと年下の美紗紀がますます計り知れなくなった。こんな話を信義が知れば、すぐに通勤経路の訂正を求めるに違いない。朝から夜中まで社員並みに働いてくれる彼女に何かあったら大変だ。

その信義であるが、先月の帰省《きせい》以来、様子がおかしい。

時折ふと思いつめた表情を浮かべたり、ため息をついたりする。恐らく無意識でのことであるから、気になりつつも声を掛けづらい。真面目《まじめ》な信義だけあって、仕事に手を抜くことはないので、日文と美紗紀はそのまま様子を見守っていた。

「そういえば、美紗紀ちゃんは毎日パンプスだよね。ヒールもちょっと高め。朝はともかく、仕事の後によく歩けるね」

「慣れですよ、慣れ。足首も引き締まるし、お勧めですよ」

すっかり中野店に慣れた木下巧は「金輪さんってスゴイんですね」と感心している。指示を出せばすぐに「はいっ」と従《したが》ってくれるので、最初はバイトと変わらないと辛口評価をしていた美紗紀も、今は巧をすっかり気に入っている。

バイトの中には反応が薄くて、大切なことを伝えても分かっているのかいないのか、不安になる場合もあるが、その点、巧は何事にも「はいっ」と元気に反応してくれるので安心できるのだ。

昼も夜も客の入りは今ひとつで、売上もパッとしないまま一日が終わりそうである。

午後九時半を過ぎると店内の客もすっかりまばらになり、ホールを巧に任せて、日文はキッチンに入った。三升炊《さんしょうだ》きの釜《かま》をガシガシと洗っている美紗紀に声を掛ける。

通常はこの大きなガス釜を使っているが、閉店の間際《まぎわ》に白米が足りなくなりそうな場合は、小回りのきく五合炊きの電気炊飯器を使うのだ。こちらはまさに炊き上がったばかりで、キッチンには甘い米の香りが漂っていた。

今夜は信義がいない。美紗紀と相談する良い機会である。

「ちょっといいかな。店長のことなんだけど。さすがにこれ以上、放っておくのもどうかと思うの。やっぱり帰省中に何かあったのかな」

美紗紀は手を止めずに、チラリと視線だけ日文に向けた。

「お見合いでもしろって言われたのかもしれないですねー」

釜を磨《みが》く手にさらに力が込められたのか、ガシガシという音に紛《まぎ》れた返事をよこす。さっぱりとした口調《くちょう》は、あまり関心がないのかもしれない。

信義は三十七歳だ。一人っ子のようだから、離れた場所で生活する息子を親が心配するのも無理はない。

子どもの将来は親の老後にも関わってくる。可愛《かわい》い孫を抱き、成長する様子を眺めるのは、老人にとっては何よりの楽しみであり、喜びのはずだ。それに息子の家族が近くに住んでくれれば、いつでも助け合うことができる。

数年ぶりに帰省をした信義は、そのようなことを親に言われた気がしてならない。めったに会わないからこそ、ここぞとばかりに懇願《こんがん》されたのではないだろうか。

日文の母親がそうだ。娘の未来よりも、自分たちの老後に寄り添う、親思いの娘を期待されている気がしてしまう。

「……お見合いねぇ。地方では今でもそういうことあるのかな」

「さぁ。実は地主さんだったり、農家さんだったりしたら、あるかもしれませんよね」

広いとは言えないシンクの中で、美紗紀は釜を傾けながら汚れを洗い流している。蛇口から勢いよく流れる水音と釜がシンクにぶつかる音で、またしても声が聞き取りにくい。

「それ、帰って来いって言っているのと同じだよね」

「本当の目的はそっちなんじゃないですか。店長の親なら、もういいお年でしょうし」

「いい年って言っても、店長は私と一歳しか変わらないから、まだそこまでではないと思う。ウチの父親、六十八歳だし」

つい余計な情報まで付け足してしまう日文である。

美紗紀は洗い上がった釜を持ち上げ、逆《さか》さにして水気《みずけ》を切った。制服のポロシャツから覗《のぞ》く腕にはしなやかな筋肉が付いていて、大きな釜を軽々と持ち上げている。

「そういうのは一概《いちがい》に年齢の問題ではないですから。私の友人、この前父親を五十代で亡くしましたよ。ガンだったんですって。別の友人の親はやっぱり五十代で若年性認知症《じやくねんせいにんちしよう》だそうです。いくら高齢化社会とはいえ、人間は必ず死にますし、父親と母親が七十代でともに健在なら、むしろ奇跡だって褒《ほ》め称《たた》えるべきかもしれませんよね。あ、七十代っていうのはウチの親のことです。晩婚だったみたいで」

広げた布巾《ふきん》の上に釜を置く美紗紀を、日文はまじまじと見つめる。

「美紗紀ちゃん、達観《たっかん》しているよね。本当に私より年下？」

「何言っているんですか。肌のハリが全然違うじゃないですか」

言葉に詰まるようなことを言われて、日文はホールに戻った。新しい注文も入っていないし、キッチンの片付けは美紗紀一人で問題ないだろう。

日文はそっと自分の頬《ほお》に触れた。美紗紀の肌が艶《つや》やかなのは、恐らく年齢のせいではなく、これまで意識して手入れをしてきたからだ。

日文は若い頃の無頓着《むとんちゃく》を呪《のろ》った。今さら気付いても、取り返しのつかないことは山ほどある。この先いくつも、そういうことに気付いていくのだろう。そう思うと気が重くなる。

信義のことは、周りがどれだけ気を揉《も》んでも仕方のないことだ。

ただ、つい自分の身に置き換えて気にしてしまう。


次の休日も快晴だった。前回のウォーキングから四日しか経っていないが、その間に急激に季節は進み、玉川上水沿いの木々は紅葉の見頃を迎えている。

今回もすっかり定番となったルートで井の頭公園を目指す。

そう離れているわけではないのに、ウォーキングを始めるまでは、めったに公園を訪れなかった。かつて直人と訪れ、一日中遊びまわったせいか、井の頭公園はすっかり「観光地」のような位置づけで日文の頭にインプットされており、日常の憩《いこ》いのスペースという意識がまるっきり欠如していたのである。

澄んだ空気の下を歩いていると、思考まで解放されてどこまでも広がっていく。

ずっと心に引っかかっていたことをそっと取り出して眺めてみたり、今は必要ないとまた心の奥にしまい込んだり、新しい気付きがあったりする。案外、思考というのは自由自在だと思い知らされた。

ふと、その開けた思考の中に昨夜の記憶が浮かび上がる。

「小日向食堂」を訪れた常連の女性客の姿だ。

年の頃は日文と同じくらい。若くもないが、中年という感じでもない。四十歳手前くらいの清楚《せいそ》な印象の女性だ。年齢が近いせいか、来店するたびに意識してしまう客だった。

定食屋の常連には、顔を覚える程度の常連客と、週に何度も訪れる極度の常連客の二種類がいる。「肉食女子」や「ヒゲマッチョ」は間違いなく後者であるが、昨夜訪れた「清楚系」は前者のほうだ。

月に何度か訪れ、たいていチキン南蛮《なんばん》定食を注文する。おそらく、普段はめったに食べない高カロリーな料理が食べたくなった時に「小日向食堂」を訪れるのだろう。

同世代の日文にはよく分かる。彼女はかなり健康や容姿に気を遣《つか》っている。普段は揚げ物など食べないのに、どうしても食べたくてたまらない時がある。きっと仕事が忙しく、疲れ切っている時だ。

服装は地味《じみ》なコーディネート。けれど、けっして野暮《やぼ》ったいわけではなく、服もコートもバッグも靴も、ちゃんと良いものを身に着けている。こだわりのある人なのだ。

肌も髪も手入れが行き届いている。自分にお金を掛けられるということは、おそらく彼女は独身で、それなりの収入を得られる職業に就《つ》いている。定食屋で夕食を済ませるのだから、やはり一人暮らしの民《たみ》だ。

日文の同族を嗅《か》ぎ分ける嗅覚《きゅうかく》は意外と鋭い。だから、ますます感じてしまう。それなりに美人で良い服を着ているのに、定食屋の常連客だなんて、ちょっと寂《さび》しいのではないだろうかと。

自分のことを棚にあげて、こう思うのにもそれなりに理由がある。

吉祥寺のカフェでバイトをしていた大学生の頃のことだ。

カフェはとても雰囲気が良かった。外装も内装も洒落《しゃれ》ていて、料理もお酒も気が利《き》いていた。たとえコーヒー一杯でも、あのカフェを利用すれば、今の自分よりもワンランク上の自分になった気分を味わえた。

だからこそ日文を待ち伏せした男性客のように、あのカフェならばと、別のものを期待してしまう客もいたのだが、仕事の後に訪れる大人の客たちは、めいめいに自分の時間を楽しんでいた。もちろん上京したばかりの日文も、憧《あこが》れもあって、あのカフェをバイト先に選んだのだ。

そこで働いていたからだろうか。いつか自分も行きつけの店を持ちたいと考えるようになった。まだ進路のことなど真剣に考えていなかった頃の話である。まさかそういう時間を自分が提供する立場になるとは考えもせず、仕事帰りに雰囲気のいい店に立ち寄って、美味《おい》しい料理と少しのお酒を味わい、顔見知りの客や店員と会話を楽しむ、洗練された大人の自分を思い描いていた。

「小日向食堂」の閉店時間は午後十時半だから、そのような生活は自分とは縁遠《えんどお》いことはよく分かっている。夕方に取る休憩では賄いをしっかり食べるし、寄り道をするくらいなら、早く帰ってさっさと眠りたい。

けれど、若い頃に思い描いた憧れはずっと胸の中に残っていて、今でも時々思い出す。あの女性客なら、十分に日文の憧れを実現できそうなのに、あまりにももったいない。ゆっくりと時間をかけてチキン南蛮定食を口に運ぶ彼女を見るたびに、日文はそう思ってしまうのである。

目の前には相変わらず澄んだ青空。吸い込まれそうな空を見ながら、日文は考え続ける。

　もしも飲食業界に就職していなかったら、自分はどんな生活を送っていたのだろう。たとえお洒落な生活に憧れていても、堅実な性格だから、意外と地味な毎日を送っていた気がする。となれば、やはり素敵な店の常連になどなっていなかっただろう。

　憧れとは別に、社会人になれば厳しい現実に直面する。限られたお給料をどう使うかはまさに自分次第。節約をするなら自炊が一番である。

　現在は三十六歳。社会人生活も長くなり、贅沢《ぜいたく》はできないまでも、生活は安定している。

　とはいえ、今さら洒落た店になど入る勇気はない。直人がいれば、どんなに一人で入りにくい店でも付き合ってもらうことができたが、そういう相手も今はいない。

　このまま一人、何の変化もなく老いていくのだろうか。

　仕事に不満はない。再就職する時、「小日向食堂」なら、年をとっても続けられると思ったし、仕事内容もメニューも好きだ。

　けれど、仕事以外の部分が心もとない。今のままで、今後の自分の未来も、老いていく親の人生も、しっかりと受け止められるのだろうか。

　考えを巡らせている間に、今日も目の前に森が迫ってきた。

　ゴールは近い。でも、ゴールではない。

これから陸上競技場のほうに行くのも、井の頭池を一周するのも、すべて日文に委《ゆだ》ねられている。コースによってかかる時間も違う。今日のウォーキングをどういうものにするか、どうやって終わらせるかは、すべて日文次第なのだ。

いつも同じ時間に家を出るため、公園で出会う人々もだいたい同じ顔ぶれである。

特に犬の散歩をする人たちとは、たいてい同じ時間、同じ場所ですれ違うため、いつの間にか、顔を合わせると挨拶《あいさつ》をする人も増えていた。

毎日職場で多くのお客さんに声をかけている日文は、たとえ知らない人でも挨拶をすることにあまり抵抗がない。ただし、自分からではなく、相手から先に挨拶をしてくれた場合である。そこはやっぱり店とは違うのだ。

それでも、犬の散歩にせよ、ジョギングにせよ、平日の午前中に青空のもとで息を弾《はず》ませている人たちは、みんな同志のように感じてしまう。だから、相手から挨拶をしてもらいやすいような表情で歩くように心がけてしまう日文である。

「おはよー」

「お姉さん早いねぇ」

「最近よく見かけるね」

挨拶を交わすと、公園に集《つど》う人々のコミュニティに加えてもらったようで嬉《うれ》しくなる。

この日は森を抜け、陸上競技場のほうに行くことにした。

　競技場の周辺には、いかにも運動のために集まったという中高年のグループが何組もいた。どのグループも楽しそうにおしゃべりをしながら、思い思いに体操やストレッチをしている。和気あいあいとした年上の女性グループを羨《うらや》ましく思いながら横を通り過ぎる。縦横無尽《じゅうおうむじん》に芝生《しばふ》や砂利《じゃり》の上を歩くと、いつの間にか三十分以上も経っていた。

　再び戻った競技場の横を通過して、ジブリ美術館の裏側を眺め、公園を抜けた。

　たまには違う道を通ってみようと冒険心を起こし、見慣れぬ街並みを眺めながら歩いていく。方向さえ正しければ、やがてアパートの近くにたどり着く。

　いい街である。自然も多く、東京ならではの便利さと、郊外ならではののどかさが見事に両立している。

　競技場で楽しそうにストレッチをする年上の女性たちを見るたびに思うのだ。このままこの街に住み続けたいと。

　腕を振って黙々と歩く。

　平日の真っ昼間。住宅街の人通りはそう多くはない。

　ふと空腹を感じ、スマホを見ると昼時はとっくに過ぎていた。

　ウォーキングを始めたと言っても、ウェアなどの道具を揃えたわけではなく、日文は普段着で歩いている。今日もTシャツにジーンズ、寒くなってきたので厚手《あつで》のパーカーを羽織《はお》ってきた。この格好なら、どこかでランチをしても違和感がない。

普段とは違う道。せっかくなので、初めての店に入ってみたかった。今日はいつもより長めに歩いて、気分もいい。せっかくの休日をこのまま終わらせたくない。

どこからか、風に乗ってコーヒーの香りが漂ってきた。芳《かぐわ》しい香りに刺激され、急にコーヒーが飲みたくなる。

そういえば、最近は美味しいコーヒーを飲んでいない。休憩時間に自動販売機で買う、砂糖とミルクたっぷりのコーヒーではなく、すっきりした味わいのコーヒーが飲みたい。

日文は香りをたどって通りを進む。そう遠くはない。

顔を上げて歩いていると、視線の先の建物が目に留まった。一見すると普通の戸建て住宅のようだが、軒下《のきした》には大きなオリーブの鉢植《はちう》えやハーブ類が茂ったプランターが置かれている。それらに隠れるように、こぢんまりとした木製のボードが見えた。

間違いなく、コーヒーの香りはここから流れてきている。

日文は通りを渡り、軒下に駆《か》け寄った。

ボードには「自然食《しぜんしょく》カフェみちる」と書かれていた。

みちるさんがやっているカフェなのだろうか。

自然食カフェ。最近、とみに健康を気遣うようになった日文にはもってこいの店である。以前なら「今日はたくさん歩いたから、ここはガツンとハンバーガーでも」となっていたが、今は違う。運動をしたからこそ、身体《からだ》の内面も整えたいのである。

頭の中には、「みちるさん」という女性オーナーのイメージがすっかり出来上がっていた。住宅街の戸建ての一階部分を利用したカフェである。独立した同世代の女性か、もしくは子育てに一段落した年上の女性か。いったいどんなメニューがあるのだろう。ボードの下に、折り畳《たた》まれた手書きのパンフレットが置かれていた。すぐに店に入ればいいものを、初めての場所に二の足を踏んでしまうのも日文である。様子を確かめてからでないと安心して入れない。

「農薬、化学肥料、食品添加物《てんかぶつ》はできる限り使用しない自然のおいしさを召《め》し上がれ。
メニュー例
とろとろ卵の親子丼定食　一一〇〇円
新鮮卵のオムレツ定食　一一〇〇円
とれたて卵のふんわり卵サンド　五五〇円」

卵料理ばかりである。カフェなのに定食。そして丼。メニュー例とあるから、卵料理以外もあるのだろうか。興味を引くために意図《いと》的にこのメニューを選んだのか、それとも店の一押《いちお》しメニューがこの三品なのか。さっぱり分からない。

よし、入ろう。決意した日文がドアに手をかけようとした時、住宅の裏手から「コケコッコー」という甲高《かんだか》い声が聞こえた。

「えっ」

まさか。今さら引き返すという選択肢《せんたくし》はなかった。日文は勢いよくドアを開けた。

「いらっしゃいませ！」

正面のカウンターの中で背の高い男性が微笑《ほほえ》んだ。反射的に長身のシルエットに怯《ひる》んだが、彼のあまりにも人懐っこい笑顔にすぐに緊張はほどけた。日に焼けた顔には無精《ぶしょう》ヒゲがあるものの、嫌《いや》な感じではない。全体的にガッシリとした彼が、胸当て付きのエプロンを着けた姿が何ともチャーミングである。

「おひとりさまですか」

「そうです」

ためらいもなく「おひとりさま」かと訊《き》かれ、「おひとりさま」を妙《みょう》に気遣う「小日向食堂」のご案内マニュアルを思い出した。

「お客さま、当店は初めてですね。お好きなテーブルにどうぞ」

昼時を過ぎたせいか、店内は閑散としており、一番奥のテーブル席に女性が二人いるだけだった。横にはベビーカーが置かれ、若い母親が時折赤ん坊をあやしながら、友人との会話を楽しんでいる。

　客はまばらでも、店内は何かしらの料理の濃密なにおいとコーヒーの香りで満たされていて、ランチタイムはさぞ賑わったのだろうと、同業の日文はピークを乗り越えた後の気《け》配《はい》を確かに感じ取る。

　日文はもう一度店内を見回した。ヒゲ面の男性以外、店員の姿はない。

「みちるさんですか」

「僕、ヨウスケです」

　男性は快活に答えた。それは某アニメの「オラ、悟空《ごくう》」に通じるものがあり、日文はかつて弟とテレビにかじりついた日々を懐かしく思い出した。

　そこで店主らしい陽介《ようすけ》は照れたように笑った。

「あ、店名のことですね。みちるは妻の猫の名前です。もうおばあちゃん猫なので、どこかで寝ています。妻も一緒に寝ているかもしれません。二人で店をやっているんですが、さっき休憩に入りました」

「猫ちゃんの名前でしたか」

「そうなんですよ。店名を決める時、妻がみちるにしようって。長い間一緒にいたから、妻はみちるが大好きなんです。ちなみに妻の名前は花梨《かりん》です」

　陽介はつねに笑っている。明るい笑顔は日文の緊張感を解きほぐし、すっかり彼のペースに巻き込まれて楽しんでいた。奥さんのことが大好きだということが伝わってきて、それも好印象だった。この男性は怖くない。

「カウンターに座ってもいいですか」

「いいですけど、そこだと、僕が話しかけちゃいますよ」

「話しかけてください。私も一人ですから」

彼はカウンター越しにお冷《ひや》のグラスとおしぼりを置く。

ウォーキングですっかり気持ちが高揚し、積極的になっていたせいもあるが、カウンター席なら、陽介が簡単に料理を出せるし、サービスもしやすいと考えたのだ。

ランチタイムを乗り越えた後の疲労感を知っているゆえの気遣いである。

「どうぞ、こちらがメニューです」

手渡されたメニューは手書きだった。丸っこくて可愛らしい文字だ。

外のパンフレットにあった卵料理のほか、玄米と豚汁《とんじる》の定食、鶏《とり》ひき肉と豆のキーマカレー定食、野菜だけでお腹いっぱい定食など、心を惹《ひ》かれるメニューが並んでいる。

コーヒーは「ようすけブレンド」の一種類のみで、紅茶はフランスのオーガニックティーメーカーの茶葉を揃えているようだ。他にも、山ぶどうジュース、ざくろジュース、ラ・フランスジュースがあり、いずれもソーダ割りもできるという。

料理もドリンクも、すべてが美味しそうで、なかなかひとつを選べない。

「どれも定食なんですね」

「僕、定食が好きなんですよ。バランスがいいというか、満足感があるじゃないですか。食事としてパーフェクトだと思うんです。というのも、長く新橋《しんばし》でサラリーマン生活をしていたからですかね。サラリーマンと言えば定食でしょう。パワーが出ることは実証済みです」

「脱サラでお店を始めたんですか」

「ええ。妻も自分で店をやるのが夢でしたから、思い切りました。注文、決まりましたか」

慌てて日文はメニューに視線を戻した。やっぱり迷ってしまう。

そこで気が付いた。また来ればいいのだ。

「とろとろ卵の親子丼定食にします」

「かしこまりました」

陽介はにっこり笑ってさっそく調理に取り掛かった。

カウンターに背を向ける形でガス台があるらしく、日文はたくましい背中に訊《たず》ねた。

「さっき、ニワトリの声が聞こえたんですけど、もしかして卵は自前ですか」

「あ、聞こえました？」

「はい」

「ニワトリって朝に鳴くイメージがありますけど、ウチの子、変な時間に鳴いちゃうんです。ご近所迷惑で申し訳ないんですけど、みなさん寛大な方たちばかりで。あ、ええと、卵の話ですね。卵は都内の養鶏場《ようけいじょう》から、平飼《ひらが》いの卵を仕入れています。ウチの子は気まぐれで、たまにしか産んでくれませんから、僕たちの朝食にいただいています」

「そうでしたか。外のパンフレットに卵料理が並んでいたのでてっきり。それにしても、都内にも養鶏場があるんですね」

「それがあるんですよ。ウチのピヨちゃんとコッコさんも取引先を探している時に、つがいで分けていただいたんです。当時二歳の娘を連れて行ったんですけど、ヒヨコたちの前から動かなくなっちゃって。あれには参りましたね。なにせ、ウチにはみちるがいますから」

今はすっかり成長したニワトリは大きなケージに入れているという。猫のみちるも穏《おだ》やかな気性《きしょう》で、ちょっかいは出さないそうだ。

陽介が何を話しても面白くて、日文はずっと笑っていた。

普段は店の同僚や客としか会話を交わす機会はない。そうなると、どうしても話題が限られてくる。陽介との会話は、閉じこもっていた狭い日常から日文を解放してくれるようだった。

そのうちに、白壁《しらかべ》と自然木を使った洒落た雰囲気の店内には、いささか不釣り合いな出《だ》汁《し》の香りが漂ってきた。出汁は出汁でも、鰹節《かつおぶし》と昆布《こんぶ》を使う「小日向食堂」の味噌汁《みそしる》のものとは違っていて、興味も食欲もそそられてしまう。

「お待たせしました」

カウンターに、木目《もくめ》が美しい白木のお盆が置かれる。お馴染《なじ》みの定食スタイルだ。しかし、一般的な定食のイメージとはかけ離れている。お洒落だ。

親子丼なのに、どんぶりに入っていない。まるでとろとろのオムライスのようにやや深みのある白皿が使われている。卵の黄身は黄金色《こがね》で、カウンター上のダウンライトにきらきらと輝いていた。上には三つ葉《みつば》がどっさりと盛られ、黄色と緑のコントラストはなんともインパクトがある。

小鉢はベビーリーフを主体としたサラダで、ベーコン入りのポテトサラダも添えられていた。豆皿には紫が鮮《あざ》やかな柴漬《しばづ》けがあり、お椀《わん》ではなくスープボウルの中の味噌汁の具はワカメとお麩《ふ》である。

内容的には「小日向食堂」の定食とさして変わりはないのに、どうしてこんなにお洒落に感じるのだろう。

「いただきます」

日文は添えられていた大きめの木のスプーンを手に取った。

心が躍っている。毎日お客さんに定食を運んでいるけれど、誰かが自分のために作ってくれた料理を食べるのはずいぶん久しぶりだ。

とろとろの卵にスプーンを入れる。ふるんと滑《すべ》り落ち、うまくスプーンにのってくれない。口の中でとろけた卵は驚くほど甘く、しっかりと出汁が効いている。やや太めにスライスされたタマネギも卵と同じくらいやわらかく煮崩れていて、こちらも出汁を吸ってやわやわと口の中で溶けた。もう卵とタマネギだけでいい、そう思った時に嚙《か》みしめる鶏モモ肉のプリッとした弾力にハッと目を覚まされる。肉。やっぱり肉もいい。

卵と鶏肉。だからこそ親子丼なのだ。三つ葉のシャキッとした食感と清々《すがすが》しい香りが全体を引き締め、すべてを受け止めて、やわらかくなった白米のなんと優しい味わいであることか。

「美味しい。こんな親子丼、初めてです」

「やわらかいでしょ。新鮮な卵を使っていますから、卵かけご飯をイメージした親子丼にしたんです。さっきの話ですけど、東京にも意外と養鶏場があるんですよ。ウチで使っている卵は小さい会社さんのモノですけど、その分、産みたてをすぐ出荷してくれて、いつでも新鮮。火を通し過ぎたらもったいないですからね」

「こだわりがありますね」

「生産者さんがこだわりを持って作っていますから。それに応える飲食店も必要でしょ。と言うのも、会社員時代、新橋の忙しいサラリーマンがラーメンだ、カレーだ、夜は居酒屋だって、栄養そっちのけでカロリーばっかり摂取して、身体を壊した人をたくさん見ていますからね」

「だからマスターは定食を」

「はい。僕、サラリーマンと言っても、新橋の居酒屋の雇《やと》われ店長だったんです。忙しいサラリーマンたちに、唐揚《からあ》げやらフライドポテトやら、ジャンクなつまみを毎晩提供していました。だからこそ色々と考えることがあったわけです。ちなみに、店は夜だけの営業でしたから、僕は昼に定食屋で食事をしてから出勤して、夜中まで元気いっぱいに働いていました」

飲食店に務めるサラリーマンという立場は、今の日文にも当てはまる。

サラダを食べた日文は、「あ」と箸《はし》を止めた。

「気付きました？ ベビーリーフじゃなくて、ルッコラです。近所の畑で有機栽培している農家さんがいるんですよ。味がはっきりしているでしょう」

「力強い味ですね。すごく美味しい」

「今日はルッコラだけですけど、時々、春菊《しゅんぎく》や大葉《おおば》を混ぜます。ルッコラが入らない時は、ベビーリーフになりますけど。葉っぱにもそれぞれ味があるから美味しいですよね」

さっぱりとしたビネガーとオリーブオイルのドレッシングもいい。シンプルだから野菜の味を引き立てる。

ふわりと優しいお麩の味噌汁を飲んだのもずいぶん久しぶりだし、食感のある柴漬けもいいアクセントになっている。

日文はすっかり「自然食カフェみちる」が気に入ってしまった。

親子丼を食べ終え、コーヒーを注文する。

マスターはお湯を沸かし、ハンドドリップで丁寧《ていねい》に淹《い》れてくれている。次第に濃厚になっていくコーヒーの香りに包まれながら待つひと時もまた格別だった。大学生の頃に憧れたワンランク上の自分ではないけれど、休日に家の近くで気兼ねなく過ごせる、定食の美味しい自然食カフェというのもいいではないか。今の自分にはぴったりだ。

「どうぞ。『ようすけブレンド』です」

たっぷりとコーヒーの入ったマグカップは、今度は小さめの木のトレイに載《の》せられていた。横にはチョコレートが添えられていて、日文の口元は自然とニンマリする。

「昔、何気《なにげ》なく入った喫茶店のマネです。ちょっと嬉しいですよね」

「すごく嬉しいです」

「そこは自家焙煎《ばいせん》の喫茶店だったんですけど、かなり深煎《ふかい》りで苦みの強いコーヒーを出していたんです。そのせいかチョコとの相性が抜群でした。そうそう、『ようすけブレンド』もそこに焙煎をお願いしているんですけど、僕のコーヒーは優しい飲み口を追求していますから、ご安心ください」

日文はゆっくりとコーヒーをする。ブラックで飲むのは久しぶりだが、澄んだ味わいが心地よく、清々しい香りが鼻に抜ける。休憩時間に飲む缶コーヒーは、疲れているせいかミルクと糖分の甘さがたまらないが、コーヒー自体をこんなに美味しいと思ったのは、もしかしたら初めてかもしれない。

大切にコーヒーを味わいながら、次の休日も絶対にウォーキングの後でここに来ようと決めていた。

「今日はお休みですか」

日文が食べ終えた定食の皿を洗いながら、マスターはまるで美容院のスタイリストのように訊ねた。

「はい。ウォーキングがてら井の頭公園を散歩して、コーヒーの香りにつられてこのカフェにたどり着きました」

「ここ、公園から流れてくるお客さんが多いですよ。さっきまでいた赤ちゃん連れのママさんたちもお散歩帰りですし、中高年のウォーキング仲間のマダムたちも。今日はいらしていないですけどね」

「公園でそういう方々をよく見かけます。みなさん、お元気ですよね。あれくらいの年齢になったら、私はウォーキングなんてする気にならないかもしれません」

「きっと逆ですよ。ウォーキングをしているから元気なんです。そして仲間がいるから続けられる。食事中のおしゃべりを聞いていても、みなさん、本当にお元気ですよ」

マスターの言葉になるほどと思う。仲間の存在は心強いし、励みにもなる。

日文がよく「小日向食堂」で客を観察しているように、マスターもまた客をよく見ている。接客業における観察は悪い意味ではなく、言い換えればウォッチング。客の要望にいち早く気付くための大切な仕事なのだ。

「それに、あの方たちはウォーキングだけじゃないんですよ。観劇だとか、美術館で芸術鑑賞だとか、スイミングスクールだとか、時にはボランティアまで、あらゆる活動をされています。あのエネルギーはどこからくるんでしょうね。羨ましい限りです」

「人生を楽しんでいるんですね」

日文は圧倒される思いだった。

「そう、人生を全力で楽しんでいるんです。僕も刺激を受けますよ。ここ、夕方には近隣の女子学生たちも使ってくれるんですが、マダムグループも彼女たちと同じノリ、いや、それ以上にパワーがあります」

これにはさすがに噴き出してしまう。

その時、日文の頭にあったのは、その年齢になった自分の姿ではなく、故郷の母親、逸《いっ》子《こ》の姿だった。マスターの話にも出てきた女性たちは、まさに逸子と同世代なのだ。

母親は普段いったい何をして過ごしているのだろうか。

日文の知る逸子は、これと言った趣味もなく、いつも何かしら家族の世話を焼いている人だった。むしろ母親として頼りにされることを喜んでいるようだった。

娘と息子が実家を出てすでに久しい。定年後の夫と二人、どんな生活を送っているのか、日文にはさっぱり分からない。

時間を持て余すたびに日文に電話をかけてくる母親が、急に可哀《かわい》そうに思えてきてしまった。逸子が今の日文と同じ年齢の頃、伊吹は保育園児で、まさに子育てに忙しい時期だった。日文が朝から夜まで「小日向食堂」での仕事に励むように、逸子にとっては家族が快適に過ごせるようにすることが大切な仕事だったのだ。

逸子はこんなふうに、外でのんびりとコーヒーを飲む時間を知っているのだろうか。

そもそもあの街にはこんな素敵な店があっただろうか。

日文は急に申し訳ない気持ちに襲われた。

最近は親のことを考えるたびに、何とかしなければと焦燥感《しょうそうかん》に囚われる。今すぐ援助が必要なわけではないのに、いつか訪れるその時を恐れて、過剰に不安になってしまう。

その理由も分かっている。自分自身の未来が心もとないからだ。一人で生きていくと決めたくせに、本当に自分が一人で生きていけるのか不安になっている。

直人が結婚したように、伊吹が里香と生きると決めたように、日文には定まっているものが何もない。

若いママさん客はすでに店を出ており、日文の他に客のいない「みちる」は静かだ。マスターも、食後のコーヒーをゆっくりと味わう日文の邪魔をすることなく、カウンターの中で黙々と自分の仕事をしている。

日文がコーヒーを飲み干した時、どこからか「陽介ぇ」と明るい声がした。

勝手口とも言うべきか、店の入口とは反対側のドアが開いて、マスターと同じ年頃の女性が入ってきた。腕には大きな三毛猫《みけねこ》を抱えている。

「花梨さん、みちるはダメだよ。ほら、お客さん」

慌てたようにマスターは目で日文を示した。

「あっ、ごめんなさい。いつもならこの時間お客さんがいないから……」

花梨さんと呼ばれた女性は、カウンターの日文に気付いて頭を下げた。腕に抱えられた重そうな猫も会釈《えしゃく》をしているように見え、日文は噴き出しそうになるのを堪《こら》える。

「お邪魔しています」

日文は小さく頭を下げ、そのまま席を立った。「居心地がよくてすっかり長居《ながい》してしまいました。親子丼定食もコーヒーも美味しかったです」

「ありがとうございました」

マスター夫婦は声を揃えた。二人とも笑顔だが、やっぱりマスターの笑顔はとびきり明るい。日に焼けたヒゲ面を見て、山男《やまおとこ》みたいな人だと思う。

もしかしたら、彼はどこかで畑を耕《たがや》したり、何かを収穫したりしているのではないか。明るく穏やかな夫婦は、「自然食カフェ」の経営者にぴったりだった。

「また来ます」

外に出た日文は、空を見上げた。夕方が近い。お腹もいっぱいだし、今日は一日、よく遊んだという充実感がある。

少しずつ冷えてきた十一月の空気の中を歩きながら、日文は自分の生活へと戻っていく。

今日はウォーキングの後、素敵なお店を見つけた。

「自然食カフェみちる」。何だか不思議なお店だった。

みちるは飼い猫の名前で、庭ではニワトリも飼っている。

オムライスみたいな親子丼が絶品で、定食の新しい可能性を感じた。

素敵なお店に行くと、自分ももっと頑張ろうと思える。

とはいえ、「小日向」はチェーン店だから私の一存では何もできないけど。

ウォーキング仲間のオバサマたちも「みちる」の常連客らしい。

母親世代の女性たち。今日は色々なことを考えた一日だった。

コーヒーが美味しかったので、自分でも道具を揃えて家で淹れようと思った。
必要な物↓コーヒーサーバー、ドリッパー、フィルター、美味しいコーヒー豆
今日の歩数↓二万三千七百五歩　よく歩いた。

その後も日文は、休日になるたびに井の頭公園を目指した。すでに習慣となり、ウォーキングをしないとどうにも落ち着かない。土砂《どしゃ》降りの雨の日はさすがに断念したが、何だか身体が重いような気がして、家にいてもソワソワしてしまう。ダイエットが目的で始めたわけではないが、歩くと心も身体も軽くなる気がする。ただし、激しい運動をしているわけではないから体重には変化がない。


新入社員の巧が中野店に加わったおかげで、順調に週に二回休みが取れている。

巧は美紗紀に顎《あご》で使われながらも、最近はすっかり戦力になっていた。すべては日文が体調不良で欠勤した時、信義が勇気を出して本社に直訴《じきそ》してくれたおかげである。

信義は、今も時折、思いつめたような表情を見せるが、仕事にはいっさい手を抜かない。

彼が店長だからこそ、日文たちは伸び伸びと仕事をすることができる。だからこそ、信義には以前のようにのんびりと、けれどどっしりと構えていてほしい。

日文は信義のことを考えながら、玉川上水沿いを歩いていた。

もう十二月である。木々は葉を落とし始め、以前は木陰《こかげ》になっていた歩道にもやわらかく日差しが降り注いでいる。とはいえ、空気は冷えていて、暖かさは少しも感じられない。日文は腕を大きく振って、身体の中から温まろうと速度を速める。

森が見えてきたと思ったら、ぐんぐん目の前に迫って来る。今日の速度はいつもよりもかなり速いらしい。それでも息切れをしないのは、体力が付いたということだろうか。

木立の中に入ると、さっそく柴犬《しばいぬ》と散歩をする女性と出会った。「おはようございます」とすれ違いざま挨拶をかわす。こういう時、みんな笑顔になっている。

ずいぶん顔なじみが増えた。日文にとっては週に二度ほどのウォーキングだが、ほとんどの人には毎日の習慣なのだろう。広大な公園にはあらゆる人がいるから、思い立ってウォーキングを始めた日文にも寛容だった。

陸上競技場へと向かい、芝生の上に足を投げ出して座った。こんなふうに地面に座ったのはいつ以来だろうか。短く刈り揃えられた芝が、ふくらはぎや腿《もも》の裏側をジャージー素材のパンツ越しに刺激する感覚すらどこか懐かしくて、そのまま空を見上げる。

穏やかである。トラックを大きなフォームでゆったりと走っているおじいさんがいる。日文と同じように、芝生の上に座ったり寝転んだりして、身体を伸ばしている中年女性のグループがいる。どこかの大学の演劇サークルなのか、一列に並んで声を張り上げている。さらにその周りを、ウォーキングや犬の散歩の人々がゆったりと通り過ぎていく。日文は、中学や高校時代の体育の授業で教わったストレッチを思い出しながら、身体をひねったり伸ばしたりしてみた。どこにどう効果があるのか分からないが、普段は動かさない筋肉が伸びて気持ちがいい。

「ねぇ、アナタ」

不意に声を掛けられた。

反《そ》っていた身体を起こすと、目の前には六十代くらいの女性が立っていた。

「それじゃ、どこにも効いていないわよ」

もちろん彼女に悪意はない。この年代の女性特有のお節介《せっかい》だ。

「何なら、一緒にやる?」

女性はクイッと親指を立てて後ろを示した。彼女と同世代の女性たちが四人ほど集まって、柔軟体操やストレッチをしていた。

「はい、ぜひ」

日文は喜んで輪の中に入っていく。

最初は一人で十分だった。自分の健康を気遣って始めたウォーキングだ。マイペースに歩くだけで満足していた。けれど、何度目からか、連れだって歩いている人や、犬の散歩仲間同士、楽しそうに話をしている人々が羨ましくなっていた。

日文は自分が一人だということを十分に納得している。

恋愛も結婚も、昔から自分とはずっと遠いところにあると思っていたから、友人の彼氏の自慢話も他人事《ひとごと》でしかなかった。そもそも大人の男に嫌悪感《けんおかん》があったから、羨ましいなどと思ったことはない。

わずかにそんな感情を覚えたとすれば、直人の結婚式だ。千夏さんを見つめる直人の眼《まな》差《ざ》しは、日文が見たこともないほど優しいものだった。きっと自分はあんなふうに誰かに見つめられることはない。そう思った時、とてつもない寂しさに襲われた。

その「寂しい」は、一人でいることの不安も交じり合って、言うなれば絶望的な「寂しさ」だ。それ以来、日文は時折この「寂しさ」を意識するようになってしまった。

夜、ベッドに入って眠ろうと電気を消した時、それは突然襲ってくる。しかし、その「寂しさ」は朝がくればたいてい忘れている。

もっとも厄介なのは、人の多い場所でふと襲われる、自分だけが一人だと気付かされた時の「寂しさ」だ。これはしつこく付きまとう。公園で感じるのは毎回これだった。

年上の女性たちはみんながみんなお節介で、世代の違う日文に興味を持って質問攻めにしながら、かいがいしく世話を焼いてくれた。彼女たちの一人は昨年までスポーツジムに通っていたらしく、ストレッチに詳しかった。

日文に声を掛けた女性は「原口《はらぐち》さん」と呼ばれていて、グループのリーダー的な存在のようだ。

「あら、アナタ、飲食業なの。ああ、だから平日が休みなのね。最近よく見かけるねって、みんなで話していたのよ。え？『小日向食堂』？　もちろん知っているわよ。ウチのダンナや息子がたまに行っているわ。中央線沿線がメインなんでしょ？　なのに、どうして三鷹にないのよ。三鷹にも出店しろって、社長に言っておいて」

終始、こんな調子である。

運動に来ているのか、おしゃべりに来ているのか、もはや分からないが、楽しそうな彼女たちの会話を聞いていると、いつの間にか声を上げて笑っている。

みなそれぞれに家庭があり、家庭が安定しているからこそ、こうして穏やかに自由を楽しめているのだろう。たとえ一人だとしても、こんな仲間がいれば、けっして寂しくはないはずだ。

日文はウォーキングのたびに陸上競技場に行くようになり、行けば必ず彼女たちと合流するようになった。

彼女たちとのおしゃべりは楽しかったけれど、いつ果てるかもしれない話に最後まで付き合うこともできず、たいてい途中で「お先に失礼します」と抜けて、「自然食カフェみちる」へ行く。

マスターと花梨に迎えられてランチを済ませ、ここでも他愛《たあい》のないおしゃべりに興じる。そのうちに、さっき別れたはずの原口さんご一行がやってきて、実は彼女たちも「みちる」の常連客だったと知る。

そんな休日を重ね、日文の日々は充実していた。

休日の終わりに、「おひとりさまノート」を開く。


原口さんから立ち仕事なら特に腰は大事と言われる。

どうすればいいかと訊ねたら、いきなり靴を脱がされ、足の裏をマッサージされた。

これには驚いた。

見よう見まねのリフレクソロジーらしい。

足の裏をほぐしてやわらかくしておくと、クッション効果で腰への負担が減るらしい。

本当だろうか。

みんなで「みちる」へ行く。

それぞれ定食を食べたあと、卵サンドを追加して一切れずつ食べた。

オバサマたちの食欲たるや。

レンコン入りのハンバーグ定食。

今日の歩数➡一万五千七百三歩。

以前は一人で備えておくことや、いざという時の対処法ばかりを記していたノートも、いつしか今後の展望を書くことが多くなった。つまり、「一人で生き抜くために」ではなく、「二人でよりよく生きるために」だ。楽しまなければ、意味がない。

直人が遠くへ行ってしまったことがきっかけで、自分を叱咤《しった》するために始めた「おひとりさまノート」だったはずが、最近では直人のことなどほとんど思い出していない。

そう気づいた時、日文はちょっとした衝撃を感じた。

十二月中旬の日曜日の夜。「小日向食堂」の営業を終えた日文たちは外へ出た。

信義はかがみ込んで入口の自動ドアに施錠《せじょう》をしている。扉の低い位置と高い位置、二か所に鍵《かぎ》がついている。

アーケードの照明に、信義の後頭部が照らされていた。仕事中は三角巾《さんかくきん》のようにバンダナを被《かぶ》っているせいか、仕事終わりのこの時間、信義の髪はぺったりと潰《つぶ》れて小さな頭がいっそう小さく見える。

日文には前から気になっていたことがあった。前からと言っても、ここ一、二か月くらいのことだ。

信義の髪に、かなり白いものが目立つようになった。

これればかりは個人差があるし、学生の頃から若白髪《わかしらが》に悩んでいる同期もいた。

とはいえ、それまで信義の白髪など見つけたことはなかった。

年齢のわりに童顔で、どこか小動物を思わせる信義の髪質はサラサラの直毛で、職業柄、月に一度は散髪してくるのだが、切り揃えられた髪がよけいに育ちのよいお坊《ぼっ》ちゃまという感じに見えた。その信義に、急激に白髪が増えたのだ。

白髪はストレスも要因になっているという。心配せずにはいられなかった。

美紗紀とは、たびたびこのことを話題にしていた。

「店長は本当に大丈夫なのだろうか」と。

最初はさして気にしたふうもなく、日文の心配をドライに流していた美紗紀だったが、さすがにいつまでも信義が浮かない顔をしていれば、気にしないわけにはいかなくなる。

もともと、かなり世話焼きの性格であるから、放っておくことなどできないのだ。

「店長、いつまであの調子なんですかね。普段通りに仕事をしているように見えますけど、仕事に集中することで、悩みから目を逸《そ》らそうとしているのが見え見えです。元気づけようと思って、昨日の賄いに唐揚げをオマケしたんです。店長のリクエストは鯖《さば》の塩焼き定食だったたんですけど、元気がない時はやっぱり肉だと思って、鯖の上に唐揚げを三個載せたんです。ビジュアル的にも面白いじゃないですか。絶対にツッコミを入れてくれると思ったんですけど、なんと無反応。でも、残さず全部食べていました」

「心ここにあらずって感じか……」

日文は頭を悩ませる。

「白髪も増えましたしね」

「やっぱり美紗紀ちゃんも気付いてたんだ。私まで、最近自分の頭を鏡でチェックするようになっちゃったよ」

「人には言えない悩みなんですかねぇ」

「でも、一人で抱えていても何も解決しないよね」

「いやいや、状況も分からない人に、とやかく言われたくないって場合もありますよ」

口調は軽いが、思いのほか美紗紀の目は真剣だ。前の会社で嫌がらせを受けていたというから、誰かが抱える悩みに関して切実なものがあるらしく、対応も慎重になるのかもしれない。

「一人は孤独だよ。たとえ解決しなくても、誰かと共有すれば、少しは楽になるかもしれない」

日文もまた切実だ。色々な不安や悩みはあるけれど、それに囚われすぎない生活を今は摑《つか》みつつある。人と関わることで視野《しや》が開けたことは確かだ。

「そうですね、じゃあ、ちょっと聞き出してみますか」

美紗紀は片目をつぶって見せた。


「お待たせ。じゃ、行こうか」

施錠を終えた信義が立ち上がった。行こうか、と言っても、店からそう遠くないアパートで暮らしている信義とは、少し先の横道で別れることになるのだが、いつもこうして待っている。

日文と美紗紀は視線を交わして頷き合った。

「店長。最近ずっと元気がないですけど、よかったらお話を聞きましょうか」

「一人で悩んでいても、ドツボにハマるだけですよー」

新入社員の巧がいれば信義も話しにくいかと思い、彼が休みの今夜を選んだ。

信義がポカンとしたのも一瞬のことで、すぐに視線を下げて弱々しい笑みを浮かべた。

「気付かれていたか」

あれで隠せると思うほうがどうかしている。ツッコミを入れようと口を開きかけた美紗紀を日文はそっと制した。

「たまには飲みに行きませんか。今日はいつもよりちょっとだけ早いですし」

日文は横を示した。サンモール商店街の横には何軒もの飲食店がひしめく通りが入り組んでいる。信義はおとなしく従い、静かな一軒を選んで腰を落ち着けた。

おしぼりで丁寧に手を拭《ふ》きながら、信義は言った。

「泊さんも金輪さんも一人暮らしだよね」

「そうですけど」

美紗紀は頷くやいなや、店員を呼び止めて中ジョッキを三つと適当なつまみを頼む。

「実家から帰ってこいって言われない?」

やはりそうか。様子がおかしくなったのは帰省した直後からだ。十分予測していた。

「日常茶飯事《にちじようさはんじ》ですよ」

運ばれたジョッキをカンパーイと掲《かか》げながら、日文は答えた。ジョッキの縁《ふち》から溢《あふ》れた泡が伝って、お通しの冷ややっこの小鉢に落ちる。

「母親から、電話でしょっちゅう催促されますよ。どう言い返そうかと、言い訳のレパートリーを二十種類くらい用意しています」

「仕事が忙しい」「毎日充実している」「東京でやりたいことがある」「まだ夢を叶えていない」「大きな仕事を任されている」「実はお付き合いしている人がいる」……。指を折りながらそこまで言った時、横に座っている美紗紀が噴き出した。

「日文さん、どれだけ大望を抱《いだ》いて東京に出て来たんですか。それに、定食屋の店員に任される大きな仕事っていったい何ですか」

「親は私がどういう仕事をしているかなんて、細かく知らないもん。飲食店と言っても、夜もお客さんが絶《た》えない東京の定食屋なんて、少しもイメージが湧《わ》かないと思うし」

「そうですよね。むしろ今のハードワークな現状を知れば、よけいに連れ戻そうとするかもしれませんねー。女性は結婚できたら一安心っていう時代でもないんですけど。あ、でも日文さんは男の人にあまり興味ないですよね。そういうこともご両親はご存じなんですか」

幼い頃の怖い体験は親にすら話せなかった。

日文が黙り込むと、信義は美紗紀に顔を向けた。ビールには一度口を付けただけだ。

「金輪さんは？」

「私だって言われますよ。そもそもフリーターですから。前の会社を辞めた時が一番ひどかったです。どうして帰ってこないのか、とまで言われました」

「やっぱりそうだよね」

信義は小さくため息を漏らす。

「帰省した時、店長も言われたんですか。帰ってこいって。久しぶりでしたから、もう東京に戻るなとまで言われたとか？」

ようやく帰ってきた息子を、逃《のが》すものかと羽交《はが》い絞《じ》めにする老親の姿が頭に浮かび、慌てて日文は頭を振る。

信義は答えずに、テーブルに突いていた肘《ひじ》を下ろすと、ゆったりと椅子《いす》の背もたれに寄り掛かった。

「前も話したけど、僕の故郷はすごく田舎町なんだ。町中みんな顔見知りみたいなね。山ばっかりで面積だけは広いから、人口密度は恐ろしく低い。一族の中では僕だけだけど、たいてい僕みたいに若いのはみんな都会に出ているから、それぞれの家には高齢の夫婦しか残っていない。この前帰省した時、それを目の当《ま》たりにしたんだよ」

信義は息継ぎのようにまたひとつため息を漏らす。

「昔は帰省するたびにちょっと洒落たお菓子をお土産《みやげ》にして、両親に東京や仕事のことを話すのが誇らしかったけど、年々小さくなっていく両親を見ていると、このまま東京にいていいのかなって思っちゃうんだ。今回もさ、たまの帰省だって両親は喜んでくれて、町内の親戚《しんせき》を呼んでご馳走《ちそう》を用意してくれたんだけど、集まった面々がもう、何というかみんなおじいちゃんおばあちゃんなの」

「久しぶりに会うと、みんな老《ふ》けていて驚きますよねー」

遠慮《えんりょ》なく美紗紀が言った。日文も同じだった。きっと親元を離れていると、誰しも実感することなのだ。そのたびに、今度は自分が親を守る立場なのではないかと思わされる。

「それで、言われちゃったんですね。帰ってこいって」

あっさりと一杯目のビールを身体に流し込んだ美紗紀は、「おかわりくださーい」と店員を呼んだ。

「違うんだよ」

信義のビールはさっきから少しも減っていない。

「僕、一度も帰ってこいって言われたことがないんだ」

その顔は苦しそうでもある。

「親は何も言わない。母親はいつもニコニコしていて、僕の好物をテーブルいっぱいに並べながら言うんだ。今回は何泊できるの。東京ももう寒いでしょ、身体に気を付けてね、なんて」

日文と美紗紀は、手に持っていたジョッキをテーブルに置いて信義を見つめた。

「故郷はたくさん雪が降る。雪かきだって大変だし、車がなければ買い物にも病院にも行けない。駅前にタクシーがいつも待っているわけではないし、その駅だって実家から車で三十分はかかる。高齢ドライバーが交通事故を起こすたびにニュースで叩かれるけど、僕の故郷は高齢ドライバーばかりなんだよ。みんな運転せざるを得ないんだ。そういう状況を知らない恵まれた人たちが、心無い言葉で地方の老人を傷つけている。それを目の当たりにしてしまって、すごく苦しくなったんだよ」

信義はようやくジョッキを取り上げ、くーっと半分ほど飲んだ。

「一族の中では僕が一番の若手だ。両親も親戚たちも、今後のことを考えると不安しかないと思う。だけど、誰も僕に帰ってこいなんて言わない。いまだに独《ひと》り身なのかって茶化《ちゃか》したりもしない。みんな僕の人生を尊重《そんちょう》してくれているんだ。でも、それが僕にはやっぱり苦しい。その優しさに甘えていいのかって」

信義は人一番責任感が強い。一緒に働いている日文たちはよく知っている。だからこそ、二十代の頃から店長という役職を任され、「小日向食堂」の中でも忙しい中野店に配属されているのだ。

「分かるなぁ、その気持ち。私の場合は故郷にいい思い出がないから、このまま東京で働きたいと思っている。でも、両親のことは別。この先、どうしたらいいのかっていうのは、実は私もずっと悩んでいますもん」

「日文さんは、どうしてそんなに帰りたくないんですか。故郷にいい思い出なんて、私も特にありませんけど、生まれ育った街じゃないですか。それに、店長の故郷はいかにも田舎で生活が不便そうですけど、日文さんは埼玉《さいたま》だし、そこまでではないですよね。東京に比べれば不便でしょうけど、生活インフラも医療機関もそこそこ整っているんじゃないですか」

美紗紀に言われて言葉に詰まった。

その通りなのだ。それは、直人と故郷の話をするたびに感じていた。

直人の実家は群馬の山に囲まれた温泉地。都会の人が非日常を味わおうと訪れるような場所だ。そこで一人たくましく生活する直人の母親と、関東《かんとう》平野の端《はし》っこの盆地で、のんびり暮らす日文の両親の生活はまったく違う。

「いい思い出がないというか、嫌な思い出があるの。だから帰りたくない。美紗紀ちゃんはどうなの」

「私も静岡には帰りませんよ。ウチの親、いつまで経っても家族はみんな一緒に仲良く暮らすものだって幻想を抱いているんです。子離れできていないんですよ。幸《さいわ》い私には姉がいますから、すべて押し付けました。姉も親と同じような考えなので、すぐ近所に住んでいます。親はいつでも孫に会えるし、姉も楽できるし、ウィンウィンなんじゃないですかね。私は親元を離れて、何者でもない自分で生きていきたいとずっと思っていましたから」

美紗紀の言葉はとても潔《いさぎよ》い。

信義は笑った。ビールを飲み干し、おかわりを頼む。

「ありがとう、二人とも。参考になった。やっぱり自分の人生だよね。まぁ、幸い僕たちの親はまだ介護が必要な状況にはなっていないってこともあるけど、みんな同じように考えたり、悩んだりしているって分かって、ちょっと気持ちが軽くなったよ」

おかわりのジョッキに口を付けた信義は、追加で焼きうどんを注文した。すっきりしたせいか、お腹が空いたらしい。

「東京に出てきた頃は、帰る場所があることが嬉しかったんだ。自然に囲まれた土地、美味しい地元の食材、水も空気も空も綺麗《きれい》で、時々会う両親や親戚は優しい。だけど、今は思うんだよ。どうして田舎に生まれちゃったのかなって。もちろん故郷の街は好きだけど、最初からこっちに生まれていたら、こんな心配をすることもなく、同じ家でないにしても、いつも家族の近くにいられたのになぁって」

信義は、故郷も両親も親戚たちもすべてを愛しているのだ。たくさんの愛情を受けて育ったからそんなふうに思えるのだろう。

愛されて育ったのは日文も同じ。そのことには感謝しているが、やっぱり故郷のことは好きになれない。親を案じる気持ちとはまったく別なのだ。

「ああ、本当に、考えても、考えても答えが出ない」

信義は笑いながら言った。

「いや、答えは出ているのかもしれないけど、そうなると自分は何のために東京に出て来たのかって話になる。大学に通わせてもらって、就職して日々真面目に働いて、それなりに楽しかったこの期間はいったい何だったのだろうって。それに、故郷に帰って仕事が見つかるのかも分からない。東京の生活に慣れた身体で、田舎の暮らしがちゃんとできるんだろうか。あっちには、親がいるってだけなんだ。たとえ生まれ育った街でも、いつか親がいなくなれば何もなくなってしまう。誰しも、不安しかない未来へなんて進みたくないよね。そう考えると、やっぱり答えは出ていない気もする」

信義は笑い話のようにしようとしているけど、心の中には今なお深い葛藤があることが伝わってくる。わが身に置き換えても、簡単に結論を出せる問題ではない。

それに、答えが出てしまえば、信義は「小日向食堂」からいなくなってしまうかもしれない。美紗紀もそう思っているのか、さっきから黙り込んだままだ。かわりに、信義が頼んだ焼きうどんをせっせと食べ続けている。

「たまには、こうやって仕事以外のことを、腹を割って話すのもいいですね」

「うん。ありがとう、誘ってくれて」

「いつでも話を聞きますから、またやりましょうね、こういう飲み会」

久しぶりの機会を満喫し、お腹いっぱいになった三人はキッチリ割り勘で支払い、店を出た。日文と美紗紀が手を振ると、信義も照れたように手を振り返し、横道に入っていった。

それから三日後のことである。

急速に発達した低気圧の影響で日本海側は大雪だというが、おかげで東京はからりと晴れていた。休日の日文は、この日もいつも通りの時間にアパートを出た。

息が白い。一歩足を踏み出すごとに、弾むように息が吐き出されていく。冬枯れの木立の上では小鳥がさえずり、歩道に積もった落ち葉がカサカサという音を立てる。

視界の先に井の頭公園の森が見えてきた。寒いけれど、東京はめったに雪が降らない。ふと思う。信義の故郷では、今頃大雪になっているのだろうか。

だとしたら、今日も「小日向食堂」で働いている信義は心を痛めているかもしれない。

歩いている時は無心になる。その無心の中に、様々な思考が入り込んできて、結局、いつも以上に色々なことを考えてしまう。

何のために東京に出て来たのか。信義はそう言った。

自分のためだ。あの頃はまだ漠然としていたけれど、将来のために必ず役立つと思って大学に通った。親もそう思ったから通わせてくれたはずだ。学業、バイト、友人関係、就職活動や社会人生活、様々なことを経験して、今の日文や信義がある。

日文は今の自分が嫌いではない。もう若くないと思える今ですら、こうして新しい喜びを見出《みいだ》し、新たな仲間に出会い、楽しむことができている。同じ一人暮らしでも、直人さえいればいいと思っていたかつてとは大違いだ。

競技場のほうに行けば、今日も原口さんたちがストレッチをしているだろう。

敢《あ》えて自分の休みは伝えず、たまたま会った時に仲間に加えてもらうようにしている。

そういう関係が、肩がこらずに心地よい。

今日の日文は、競技場とは逆方向の池に向かうことにした。一人でひたすら歩いて、自分の思考に身を委ねたかった。

池の周りは競技場とはまた違った穏やかさがある。歩いている人、走っている人もいるが、風景をスケッチしている人も多い。静と動が同居し、皆、思い思いの時間をここで過ごしている。

ふと横を見ると、木製のベンチを囲んで身体をほぐしているグループがいた。こちらは原口さんたちよりもだいぶ若く、カラフルなランニングウェアに身を包んでいる。ファッションとしてもスポーツを楽しんでいるのだ。日文と同世代だろうか。どの女性の顔も生き生きと輝いていて、すっかり普段着の日文は少しだけ顔を俯《うつむ》けた。すでにウォーキングを初めて一か月以上が経つ。そろそろウェアにもこだわりを持っていいのかもしれない。

「あ」

グループの中に知った顔があった。

「小日向食堂」の常連客である。

日文と同世代で、昨夜もチキン南蛮定食を注文した「清楚系」の女性ではないか。

いつもは落ち着いた上品なコーディネートの彼女が、今は目の覚めるようなショッキングピンクのランニングウェアを身に着け、スパッツに包まれた長い足をストレッチで伸ばしている。普段はハーフアップの黒髪は頭頂部でお団子にされ、むき出しの額がつやつやと健康的に光って見える。「小日向食堂」に訪れる時とは、ずいぶん印象が違う。


横をさりげなく通り過ぎようとした時、彼女たちの会話が耳に入ってきた。

「有給最高！　平日に走るのは気持ちいいねー」

「うん、来月は三連休にして西のほうに走りに行く」

「あんたもトレイルランにすっかりハマっちゃったね。今は色んな場所でコースが整備されているし。私も先月、京都《きょうと》のコースを走ってきたよ」

「比叡山《ひえいざん》でしょ。私も比叡山に走って登るつもり。今はどこも観光客でいっぱいだけど、山のほうはいいよね。単なる観光よりもそういう旅が好き」

すっかり盛り上がっている。

トレイルラン。日文にとっては初めての響きである。彼女たちは、自分の足でどこまでも走っていこうとしている。山の中に切り開かれた道を走り抜けている。

ちょっと地味にも見えた常連客の意外な趣味に日文は衝撃を受けた。

人は見かけによらない。誰しも、自分の中に、何か大切なものを持っている。それを守るために、普段は真面目にコツコツと働いているのかもしれない。

「小日向食堂」のチキン南蛮定食は、彼女にとって全力で趣味に挑むための勝負メシだったのだろうか。

なんて輝いているのだろう。ランニングの仲間と楽しそうに身体をほぐす彼女に、一瞬「負けた」という感情が湧き上がる。しかし、すぐにそんなことはないと思い直した。比較する必要などない。日文は今の自分を楽しんでいる。

人生に勝ちも負けもない。どんな人生も、その人がしっかり歩んできた道なのだ。だから、信義が東京に出てきた意味を探す必要もない。たった一人、東京で生きてきたからこそ、遠く離れた故郷や両親を案じることができるのだから。

「さて」

日文は足を速めた。そろそろ「自然食カフェみちる」に向かわなくては。

自分の行きつけの店で、今日は山ぶどうジュースのソーダ割りを頼む。そう朝から決めていた。

山ぶどうジュース。初めてメニューを見た時から気になっていたものの、結局、いつも食後には「ようすけブレンド」を頼んでしまっていた。

マスターは子どもの頃、秋になると故郷の山に入って野生のぶどうを収穫したという。

野生のぶどうにピンとこなかったが、今ではそれを栽培している農家もあるそうで、マスターはその濃厚な味わいを忘れられず、自分のカフェのメニューに加えたのだ。

そんな話を前回の帰り際に聞いてしまったら、頼まずにいられないではないか。

今日のランチは山ぶどうジュースのソーダ割りと、キーマカレーの定食だ。

ランチをして、ひとしきりおしゃべりも楽しんだら、アパートに帰って、そろそろカッコいいランニングウェアでもネットで注文しようか。

日文の頭の中は楽しみでいっぱいになっている。

5
再び、冬から春

最後の悩みはやっぱり
故郷のこと
いつまでも続く
大切な繋がりを作るために

クリスマスイブである。

夕方に近いサンモール商店街は賑《にぎ》わっている。ケーキ屋さんやベーカリーショップでは店頭にクリスマスケーキの箱を積み上げ、飲食店でも店先にテイクアウト用のオードブルを並べている。大荷物を手に、通りの両側に立ち並ぶ店をぶらぶらと眺める客が多く、いつも以上の人出である。誰もが楽しげなので、さらに活気が感じられる。

そんな雰囲気に包まれたくて、休憩時間に「小日向食堂」を抜け出した日文は、全身で華やかな空気を味わっていた。

クリスマスの後も歳末《さいまつ》セールがあり、お正月休みが終わるまでこの賑わいは続く。とはいえ、すっかり耳に馴染《なじ》んだクリスマスソングが、明日を最後にまた一年間お預けになるかと思うと、ちょっぴり寂《さび》しい思いのする日文である。

「クリスマス」＝「楽しい」と刷《す》り込まれているのは、幼少期の記憶のせいだろう。

日文の家族は、毎年、クリスマスになると都心のデパートに出かけていた。めったに玩具《おもちゃ》など買ってくれない両親が、この時ばかりは日文と伊吹にひとつずつ好きなおもちゃを買ってくれたのだ。東京へ出るまで二時間近くかかったけれど、旅行もめったにしないような家庭だったから、案外両親も、年の一度のビッグイベントとして、クリスマスを楽しんでいたのかもしれない。

おもちゃ売り場に行った後は、レストランフロアの洋食店で食事をしてから、また長い道のりを電車に揺られて秩父に帰った。座席の温かなシートと車両の揺れ、寄りかかる母親のやわらかな身体《からだ》が心地《ここち》よかったことを、今でもクリスマスが近づくたびに思い出す。

イブの「小日向食堂」は、ほとんどの学生アルバイトが休みを希望していて、昼に出勤してくれた一人の主婦パートさんを除いては、社員三人と美紗紀というシフトである。

信義の直談判《じかだんぱん》でアルバイトの時給は一気に二百円ほど上がったものの、ようやくこの界隈《かいわい》の時給に並んだだけ。新しい募集広告を貼り出してみても、応募してきたのは学生がたった一人だけだった。だからこそ秋に異動してきた巧の存在は大きい。

いつも通りの仕事でも、クリスマスというだけで心が躍《おど》る。

そうなるはずだったのに、日文は腹の底から楽しめていない。むしろ休憩時間に店を抜け出したのは、モヤモヤと心の中にわだかまる憂鬱《ゆううつ》な気持ちを、街の浮かれた雰囲気に紛《まぎ》れさせたかったからかもしれない。

昨夜の閉店作業の後、信義から打ち明けられたのである。

美紗紀は休日で、店にいるのは二人だけ。大事な話をするには絶好の機会だった。

「泊さん、僕、三月末で退職することにしたよ。ようやく決心した。というよりも、いいかげん決心しないと苦しくてたまらなかった。昨日マネージャーに話したよ。おかげでだいぶ気持ちが楽になった」

そう言った信義の顔はまさに憑《つ》き物が落ちたかのように晴れ晴れとしていた。

そのせいか饒舌《じょうぜつ》である。

「悩むのに疲れたというか、ずっと辛かったんだ。故郷に帰るか、ここで働き続けるか。でも、親をいつまでも放っておくわけにはいかない。必ず面倒を見なくてはいけない日が来る。それが息子の役目なんだ。なら、その時はいつ来るんだろうって、不安を抱えながら東京で仕事をしているより、そばにいたほうがいい。これからますます老いていく親を、離れた場所から案じているのも僕にとっては苦しいからね。その苦しみを取り除くには、一緒に暮らすのが一番いいんだって、ようやくはっきり思えるようになった」

日文には信義の気持ちが痛いほどに分かった。離れていては親の変化を感じ取ることができない。そして、それを感じ取れるとしたら、きっともう取り返しのつかないところまで進んでしまった状態だ。そんな日がいつ来るのか、日文は考えるたびに胸の奥が締めつけられている。それでも、言わずにはいられなかった。

「本当に帰ってしまうんですか。仕事を辞めて？　帰ってどうするんですか。本当に向こうで仕事が見つかるんですか」

まだ四十歳前である。最低でもあと二十年は働かねばいけない世代だ。

東京でこだわりなく探せば、きっといくらでも仕事がある。けれど、田んぼばかりの田舎町《いなか》で、飲食業界しか経験のない信義に仕事は見つかるのだろうか。

「全部これからだよ。先の見通しは何もない。でも『小日向』を辞めて実家に戻るって決意をしないことには、何も始まらない。二か月くらいずっと悩んできたけど、そう決めたら本当に目の前が開けたんだ。新しく生まれ変わる気持ちだよ。もう一度、生まれ育った土地でね。住む家はちゃんとあるんだから、大学の時の就職活動よりもずっと気が楽だ。そういう意味では、この二十年近い時間も無意味ではなかったのかな。何とかなるって度胸がついた。そもそも転職が目的ではなくて、故郷に帰るっていうのが目的だから、職業には何の期待も希望も抱いていない。どこかに潜り込めればそれでいい」

用意していた言葉を淡々《たんたん》と語るような、やけにさばさばとした口調《くちょう》と態度が、逆に日文の胸を締め付けた。

「それでいいんですか。ご両親や親戚《しんせき》が大切なのも分かりますし、それを優先する店長の優しさも素晴らしいと思います。でも、それって自分を犠牲《ぎせい》にしていませんか。だって、せっかくここまで……」

「……僕がいないと困るんだよ」

「……でも」

「両親は今も僕に帰って来いとは言わない。東京で生活する息子を煩《わずら》わせちゃいけないって思っているんだ。僕、気付いてしまったんだよ。別に東京で働くことに固執しているわけではないって。ただ大学を卒業してそのまま就職しただけ。もちろん東京は便利だし、この仕事も楽しいけどね。でも、もう十分楽しませてもらった。今は心から思うんだ。離れて暮らすんじゃなくて、子どもの頃みたいにちゃんと家族に戻りたいなって」

　信義の言葉は、日文がとっくに諦《あきら》めてしまっているものだった。

両親と日文と伊吹。四人で過ごす子どもの頃の生活はもう二度と戻らない。たまに帰省《きせい》した時の団欒《だんらん》ではなく、当たり前のように四人揃っていたあの頃の生活。

「……店長が納得しているのなら応援します。ああ、やっぱり店長はすごいですね。仕事でもずっと思っていましたけど、そんな決断、私にはとてもできそうもありません」

　信義はようやく表情を緩めた。

「ありがとう。今まで中野店はいいメンバーでやってきたから、泊さんには、マネージャーよりもずっと伝えにくかった……」

「まだ美紗紀ちゃんがいますよ……」

「そうなんだよね」

　信義は苦笑を浮かべた。日文よりもよほど美紗紀のほうがゴネそうである。いくら信義の決断とはいえ、フリーターの美紗紀がここまで中野店に協力的だったのは、このメンバーで働くのが楽しかったからだ。本人からそう聞かされていただけに言いにくい。

「金輪さんには、明日の朝、僕から伝えるよ」

　こうしてクリスマスイブの今朝《けさ》、開店準備のために出勤した美紗紀は、信義から退職を告げられたのである。

　美紗紀はかなりショックを受けたようだった。

「会社を辞めて、仕事もロクにないような田舎に帰って、本当にそれでいいんですか。彼女は？　今はいないと思いますけど、帰ったら彼女なんて出来るんですか。ご両親はきっと店長が結婚して、幸せな家庭を築くことを望まれていますよね。それ、本当に叶えられるんですか」

　勢いよくまくし立てられ、一瞬は怯《ひる》んだ信義だったが、落ち着いた口調で諭《さと》すように語り掛けた。

「できればそれも叶えたい。でも、全部向こうに戻ってからだよ。今は新しい生活が楽しみでもあるんだ。だって、何もないところから始めるわけだろ？　逆に何だってできる。まずは車の免許を取るよ。あの街では必須だからね」

「あ、持っていなかったんですか、免許」

　美紗紀は不意を衝《つ》かれたような顔をした。

「高校三年の時は受験勉強で忙しかったし、その後すぐこっちに来ちゃったから。東京の暮らしに車は必要ないもの」

すっかり気勢をそがれたのか、美紗紀は大きなため息をついた。

「頑張ってください。彼女ができたら、ドライブデートもできますね。すいません。ちょっとショックだっただけです。店長が決めたなら、フリーターの私が止められるわけがありません」

「金輪さん……」

信義がうろたえたのは、さっぱりとした口調とは正反対に、美紗紀がぽろりと涙をこぼしたからだ。日文はとっくに気付いていた。美紗紀は意外と涙もろい。

「私、前の会社のせいですっかり人間不信になっていました。でも、東京で生きていくって大見得を切って静岡を出てきた手前、絶対に帰りたくなくて。チェーンの飲食店なら、スタッフも多いだろうし、お客さんも流動的だし、そう他人と関わらずにやっていけるだろうと思って『小日向食堂』のアルバイトを始めたんです。会社勤めはもうコリゴリだったので、リハビリのようなつもりでした。それなのに、社員もバイトも少ないし、でも店長も日文さんもすごくいい人だし、定食は美味《おい》しいし、顔なじみのお客さんはできるしで、気付けば一生懸命働いていました。すっかりここが楽しくなってしまったんです。店長と日文さんが頑張っているから、私も頑張ろうって思えたのに……」

綺麗《きれい》に塗られたファンデーションやマスカラが流れるのも気にせず、美紗紀ははらはらと涙を流す。時折しゃくり上げる様子は、まるで子どものようだ。

信義は近くのテーブルにあった紙ナプキンを差し出した。

「金輪さん、そんなふうに言ってもらって嬉《うれ》しいよ。何よりのクリスマスプレゼントだ。辞めるまでまだ三か月ある。その間、これまで通り楽しく働こうよ。このメンバーだから、中野店は他の支店よりも売上が安定していると僕は自信を持って言える」

「私にとっては全然クリスマスプレゼントじゃないですよぉ」

紙ナプキンで顔を拭《ぬぐ》う美紗紀の横から、巧がぬっと顔を出した。

「店長、そのメンバーに俺も入っていますか」

「もちろん」

信義が頷く。巧は飛び上がって喜んだ。

「俺もクリスマスプレゼントもらいました。ところで、クリスマスに定食屋に来る客なんているんですか。今日はきっとヒマですよね」

「何言っているのよ」

洟《はな》をすすりながら美紗紀が睨《にら》んだ。

「どれだけ東京に『おひとりさま』がいると思っているの。夜は常連客がたくさん来るから覚悟しておきなさい。クリスマスなんて知りませんって感じのお客さんに限って、意外と意識しているんだから。つまり、クリスマスに家で寂しく食事をするのが嫌《いや》なのよ」

「みんな寂しいんですね」

「そうよ。だから今日はいつもより優しく接客しなさい」

「クリスマスプレゼントっすか」

「そうよ」

若い二人のやりとりを見て、日文と信義は思わず笑顔になった。

各々複雑な思いを抱えながら、「小日向食堂」はオープンしたのである。


その夜のことである。店内はいつもの平日以上に混みあっている。

「本当にイブでも定食屋に来るんですね」

巧は感心しながら、美紗紀の言いつけを守ってかいがいしく接客をしている。

日文はデシャップ台の前に立ち、信義や美紗紀が仕上げる料理に合わせて、白米と味噌《みそ》汁《しる》をセットする。お盆に定食が揃うたびに、巧を呼んで「唐揚《からあ》げ定食、三番テーブル」「鯖《さば》味噌煮定食、カウンター一番。味噌汁は豚汁《とんじる》」と次々に渡していく。

大半が男性客だが、女性の姿もある。そのすべてが見事に「おひとりさま」である。イブとはいえ平日であるから、ほとんどがいつも通りに仕事を終え、ここで食事をして家へと帰って行く人々だ。

しばらく満席の状態が続いていたが、ようやくいくつか席に余裕が出てきた。自動ドアが開き、また新たな客が店に入ってくる。「いらっしゃいませ」と声をかけた日文は、そのまま茫然《ぼうぜん》と固まった。

自動ドアの前で立ち尽くしているのは、弟の伊吹ではないか。

案内しようと前へ出た巧を制し、日文は「伊吹」と呼びかけた。

いつも快活な伊吹の表情がどんよりと沈んでいる。小さい頃にケンカをして、泣く寸前の顔がこんな感じだった。

「どうしたの、初めてだよね。お店に来るの」

常連客なら空席を見つけてさっさと座るが、伊吹はこの手の店に慣れていないのか、いつまでも入口に突っ立っている。日文はちょうど空いていたテーブル席を示した。

伊吹は言われるがままに座った。巧が気を利《き》かせて持ってきてくれたお冷《ひや》とおしぼりを受け取って、日文がテーブルに置く。

「伊吹が定食屋に来るなんてね。お洒落《しやれ》なバーやダイニングにしか行かないと思っていた」

そこでハッとする。

「ねぇ、伊吹。今日はクリスマスイブだよ。里香さんはどうしたの」

毎年、二人で過ごしていたはずである。新宿の会社で働いている里香が、会社帰りに予約していたケーキをデパートで受け取り、オードブルやチーズを調達してきて、どちらかのマンションで祝うと、以前、伊吹はニヤニヤしながら話してくれたことがあった。夏に風呂場の電球を交換してもらった時にも、伊吹は「里香と結婚すると思う」と、今度は幸せを噛《か》みしめるような顔で語っていたはずである。

「フラれた……」

「ええっ」

日文は思わず声を上げ、店内の客がいっせいにこちらを見た。

日文は慌てて頭を下げ、「身内《みうち》です」と聞かれてもいないのに説明してしまう。

キッチンまで声が届いたらしく、信義と美紗紀も心配そうにこちらを窺《うかが》っていた。

伊吹はすっかりうなだれている。

「……俺、いつの間にか二股《ふたまた》をかけられていたみたい。前に姉ちゃんにも言っただろ、そろそろ結婚してもいいかなって。それとなく切り出したら、急に様子がおかしくなったんだ。たぶん、別の男と俺、天秤《てんびん》にかけてアイツも真剣に悩んだと思う。それで、つい先日別れた……」

日文は言葉を失った。頭の中が混乱する。

伊吹と里香はずいぶん長く付き合っていた。伊吹の言葉を鵜呑《うの》みにして、日文も絶対に二人は結婚すると思っていた。そうなればやがて子どもが生まれ、両親の気持ちも紛れるのではないだろうかと期待もしていた。能天気な目論見《もくろみ》をしていた自分を殴りつけたいほど、今の伊吹は傷ついている。

いつから里香には別の相手がいたのだろう。

電球を交換してくれた時よりも明らかに痩《や》せた。まだコートすら脱いでいないのに、肩のあたりでそれを感じる。電球のカバーをいともたやすく外《はず》してくれた時は、あんなに力強く感じた弟が、今はまるで小さな子どものように頼りない。

フラれたというよりも、裏切られたのだ。

伊吹は今も受け止めきれず、ショックを受けたまま時が止まってしまったようだ。けれど、悄然《しょうぜん》とした姿からは、里香に対する怒りなど少しも感じられなかった。

決め手となったのは、収入や将来性だろうか。

知らない男に負けたというのに、その男への恨みすら感じられない。

伊吹はただただ落ち込んでいる。これまで築いてきた里香への信頼も、男としてのプライドも、すべてを打ち砕《くだ》かれて。

「……姉ちゃん、ビール飲んでいい？」

「いいよ。せっかくのイブだし、姉ちゃんが奢《おご》ってやる。イチオシは唐揚げ定食だよ。でも、伊吹はとんかつのほうが好きだったよね」

「……クリスマスだからチキンがいい……」

「おし。じゃあ、唐揚げ定食ね」

フラれたと言いながら、姉のもとを訪れる弟がたまらなく愛《いと》しく思えた。

そういえば、保育園に入園したばかりの頃も、伊吹はなかなかなじめなくて、しょっちゅう「お姉ちゃん〜」と泣きながら先生に連れられて日文の教室に来ていたのだ。

食事を終えた客たちは、泣きながら唐揚げを頰張《ほおば》る伊吹をチラチラと見ながら帰って行く。イブのせいか客の引きは早く、午後九時には店内の客もまばらになっていた。

定食を食べ終えても、伊吹はなかなか席を立たなかった。おかわりしたビールをチビチビやりながら、「俺、もう女なんて信じられない……」と呟《つぶや》いている。

そりゃそうだろう。きっとギリギリまで、里香は伊吹に気付かれないよう、うまく振舞《ふるま》っていたはずだ。長く一緒にいた相手さえ欺《あざむ》くことができた彼女を、その属性である女性を、信じられなくなるのも無理はない。

「そっかそっか。じゃあ、姉ちゃんと一緒だね」

幼い頃の河原《かわら》の景色が蘇《よみがえ》る。あの時、日文はほんのわずかな時間で、大人の男が信じられなくなった。けれど、伊吹は長く一緒に過ごした相手に裏切られた。どちらの傷がより深いのだろうか。伊吹の傷ついた姿を見れば見るほど、日文の中で里香に対する怒りが膨らんでいく。二人が付き合い始めたのはまだ大学生の頃。それから今までの伊吹の時間を、返してくれと叫びそうになる。

これまで大半の時間を里香と過ごしてきた伊吹にとって、一人の時間は堪《こた》えるのだろう。だからわざわざ日文のいる「小日向食堂」を訪れた。今の伊吹には寄り添う人が必要なのだ。

「たまには実家に帰ってみれば？　お母さんとお父さんも、伊吹に会えば大喜びするよ」

「……うん」

「今年も年末年始は仕事なの？」

伊吹の勤める大手の家電量販店は、毎年元日から初売《はつう》りセールを行っている。

一般企業の事務職で働く里香は、年末年始は正月休みだった。

「……実はさ、何年か前から、大晦日《おおみそか》か元日のどちらかに休みをもらえるようになったんだ。俺もベテランになって、任せられる後輩がたくさんできたから。でも、ずっと内緒にしていた。里香がいたから……」

「そんなの、とっくに知っていたよ。今年はどうなの？」

「上司が、毎年頑張ってくれているからって、今年は大晦日と元日の連休をくれた。こんなことは今までになかったから、やっと里香とゆっくり年を越して、初詣《はつもうで》も行けるって、楽しみにしていたのにさ」

「……じゃあ、帰りなよ。お母さんとお父さんと年を越せばいい。三人で秩父神社に初詣に行けばいいじゃない。いい一年になりますようにって。うん、絶対にそれがいい。三十日の夜に帰れば、ちょっとはゆっくりできるでしょう。お母さんたちも喜ぶよ」

うなだれたまま、伊吹は頷いた。

「帰るよ。帰りたい。お母さんのお雑煮《ぞうに》、もう何年も食べていないもん」

きっとこういう時、男はいくつになっても母親を思うのだろう。それなのに、これまでずっと伊吹は親をそっちのけで里香にすべてを捧げてきた。そう思うと、ますますやるせない思いになる。その反面、大晦日と元日を伊吹が両親と過ごしてくれることにホッとしている自分もいるのだった。


閉店の少し前に伊吹を送り出し、「お騒がせしました」と信義たちに詫《わ》びた。

「いいよ、本当に人生って何があるか分からないよね」

「そんなこと、あるんですね。女って怖いなぁ」

巧はさも気の毒そうに眉《まゆ》を寄せた。

「今年のクリスマスイブは色んなことがあり過ぎて眠れそうにないから、また飲みに行きません？」

帰り際、美紗紀は横道を指差したけれど、今夜は忙しかったせいか、みんな乗り気ではないようだ。日文もゆっくりと家で気持ちを落ち着かせたかった。

一人で横道に入っていく美紗紀を見送り、日文たちは店の前で別れた。

アパートの手前のコンビニで、売れ残っていたクリスマスデザートを買う。ケーキ系のものは残っておらず、上に生クリームを絞ったプリンに決めた。

アパートが見えてくると上を見上げる。いつしか、隣室の明かりを見ると安心するようになっていた。

軒下《のきした》には先月から柿《かき》が吊《つ》るされている。隣人の女の子は、農作物が豊富な地方出身なのか、それとも体型を気にして丁寧《ていねい》な食生活を送っているのか、生態はまったく見えてこないが、確かに息づく生活の気配《けはい》にホッとする自分がいる。

お湯を沸かし、「自然食カフェみちる」で分けてもらった、「ようすけブレンド」を使ってコーヒーを落とす。数か月前にはなかったハンドドリップの道具が今は揃っている。

少しずつ、生活は変わっていく。

思えば、これまでがあまりにも単調だったのかもしれない。このままでいいと、どこかで投げだしてしまっていた。でも、同じ年齢の直人は結婚という大きな決断をし、ひとつ年上の信義は故郷へ帰る決意を固めた。変化を恐れるばかりでは、大切なものをどんどん取りこぼしてしまう気がする。

日文の部屋は、次第に芳醇《ほうじゅん》な香りに満ちていく。マグカップになみなみとコーヒーを注《つ》ぎ、六畳間のいつもの座卓の前に座った。スマホでクリスマスソングを流し、以前、美紗紀にもらったアロマキャンドルの残りに火を灯《とも》す。

長い一日だった。今日もお疲れさま。そしてメリークリスマス。

心の中で呟き、コーヒーをすする。

知らず、ほうっと息が漏れた。両手で持つカップの温かさが心地よい。

気持ちが落ち着いてくると、またしても伊吹や信義のことが頭に浮かんでくる。

どちらも日文にとっては、大切な存在である。

女の人など信じられないと傷ついていた伊吹。

帰ってこいと言われたわけでもないのに、故郷や親への責任感ゆえに、帰郷を決意した信義。

照明を落とした部屋で揺らめくアロマキャンドルの炎《ほのお》を見つめていると、草むらに立ち上る真夏の陽炎《かげろう》のように、幼い頃の記憶が浮かんでくる。

ギドー。

ことあるごとに思い出す、呪文《じゅもん》のようなその名前。

日文の故郷の秩父は、埼玉県の西の端《はし》のほう、荒川の源流点と起点、二つの碑《ひ》のある自然の豊かな土地である。生まれ育った家は、賑やかな市の中心部ではなく、かといって民家もまばらな山間部というわけでもなく、西武線の駅から荒川方面に広がった住宅街の端っこにあった。

日文の家から緩やかな坂を下って行くと民家はまばらになり、荒川に突き当たる。

川べりにあるのは生《お》い茂《しげ》った草むらとセメント工場のダンプカーの駐車場。道のどん詰まりにある舗装されていない砂利の広場は、渓流釣《けいりゅう》りに訪れた人々の駐車場になっているが、平日には一台の車も停まっていないことが多かった。つまり河原には普段から人気《ひとけ》がなく、子ども同士で遊びに行くことはあっても、一人で足を運ぶような場所ではなかった。

日文も同じだ。いくら家から近くても、寂しい場所に近づきたいとは思わない。

小学校でも中学年になると、クラスのおよそ半数の子どもが何かしら習い事を始め、日文も算数と国語を教える塾に通っていた。

忘れもしない。夏休みも終わりに差し掛かった、良く晴れた日の夕方だった。

四年生の日文は、午後三時から始まった塾を終え、テキストの入った母親お手製のキルトのバッグを提《さ》げて、住宅街の外れを歩いていた。

同じ塾に通う友達とは広い通りで別れ、同じ学区でもっとも遠い地区に住む日文はいつも最後には一人になった。

夕方とはいえ日差しが強いせいか人通りは少なく、ほとんど誰ともすれ違わないまま、ようやく家の近くに差し掛かる。

暑い日だった。久しぶりに友達に会えると思い、お気に入りのTシャツとオレンジのプリーツスカート、日に焼けた足にはストラップのついたサンダルを履《は》いていたが、せっかくの服が汗で濡れてしまうのが面白くなかった。早く家に帰って、扇風機の前でソーダ味のアイスバーでも食べようと考えながら黙々と歩く。

住宅がまばらになってきて、空が広くなる。正面には荒川の対岸の斜面を彩る緑が迫ってくる。そうなると家は近い。この景色が見えてくると、いつもホッと力が抜ける。

後ろから声を掛けられたのは、次の角を曲がれば家という所だった。

振り返ると、ひょろっと背の高い男の人が立っていた。

「ちょっと案内してもらえませんか」

日文はキョトンと男を見上げた。

彼の背中が日差しを遮《さえぎ》っていて、日文はちょうどその陰に納まっていた。真夏の暑さに汗ばんだ身体が、その時だけひやりと涼しくて、心地よかったことも覚えている。

逆光で顔の造作《ぞうさ》はよく分からなかったが、父親や学校の担任、塾の先生、日文が知っているどの大人の男よりもずっと優しそうに見えた。そういう表情をしていた。

だから、すっかり気を許してしまったのだ。

ずっと年上の男の人が、小学生の日文に対等に話しかけてくれたものだから、日文も自分が子どもだということを忘れてしまった。

親からも学校でも、人には親切にしなさいと言われている。近所の住人はほとんど顔見知りで、普段からのんびりとした町内では防犯意識はさほど高くなかった。それに、この土地を訪れる観光客はたくさんいた。

「どこに行きたいんですか」

日文は大人ぶって訊《たず》ねた。

「川が見たいんです」

荒川のことだろう。対岸へと架かる大きな斜張橋《しゃちょうきょう》、通称秩父ハープ橋《きょう》は美しい形状で観光名所のようになっているし、少し下流に行けば岩畳《いわだたみ》で有名な長瀞渓谷《ながとろけいこく》がある。このあたりの河原も岩場《いわば》が目立ち、景観も良いから釣り人も多く訪れ、休日にはバーベキューをする人々で賑わうこともあるのだ。

日文は男を見上げた。優しそうな顔には、額から汗が伝っていた。観光客だろうか。それとも、仲間との川遊びの下見だろうか。電車で秩父を訪れ、そのまま駅から歩いてきたのかもしれない。そうなるとかなりの距離である。間には住宅街が広がり、道も入り組んでいる。途中にいくつもの神社や寺院があり、それらを回る観光客も少なくない。そのまま荒川やハープ橋を目指そうとして、方向を見失ってしまった可能性もあった。

「ここを真っ直ぐです」

日文は河原へと続く細い下り坂を示した。その先に民家はなく、緩やかにカーブしながら河原の近くまで続いている。

「川は少しも見えないんですね……」

男は不安そうに眉を寄せた。その表情に日文の親切心が刺激された。

このあたりを流れる荒川は、広い河川敷や堤防があるわけではない。谷に沿うように流れ、岸辺《きしべ》には夏草が生い茂っているから、間近に行かなければ流れを目にすることはできないのだ。それを知らない観光客が、本当に川があるのかと不安になるのも当然かもしれない。

男は懇願《こんがん》するような瞳《ひとみ》で日文を見つめていた。

頼りにされている。そう思うと、小さな身体の中でむくむくと使命感が湧《わ》き上がった。楽しみにしていたアイスバーよりも、こちらのほうがずっと大切なことに思えた。

夕方になっても強い日差しの下を、日文と男は並んで歩いた。でこぼことした舗装道路は所々に砂利《じゃり》が転がっていて、サンダルでは歩きにくかったが、リードするように日文は緩い坂道を下り続けた。

風はなく、草いきれと騒々しい蟬《せみ》の声に、全身を何重にも包まれているようで、何とも言えない不快感がある。男は何も発せず、日文も何を話したらいいのか分からない。

いつの間にか男は日文の手を握っていた。驚いて見上げると「はぐれるといけないから」と優しく微笑《ほほえ》まれる。

繋いだ手がどんどん汗ばんでくるのが気持ち悪くて、日文の心と身体が緊張し始める。少しずつ違和感が芽生えていく。手を離したいと思っても、繋いだ男の力は思いのほか強い。それに、もしも「手を離して」と口にすれば、この人を傷つけてしまう気がして、日文は黙って歩き続けた。

ようやく前方に未舗装の駐車場がぽっかりと現れる。案《あん》の定《じょう》一台の車も停まっておらず、乾いた地面だけが白々と日差しを浴びていた。日文たちの位置からは対岸の岸壁しか見えないが、その間に荒川の流れがある。

もうここまででいいだろうか。

先ほどの違和感はすっかり不安に変わり、今では心臓が大きく打ち続けている。もう川はすぐそこだ。ここまで案内すれば、十分に役目を果たしたはず。日文はそう自分の心に折り合いをつける。

その時だった。

「ああ、大きな橋だなぁ。渡れるのかな。ねぇ、あそこまで行きましょう」

男は河原を見るわけでもなく、下流方面に覆《おお》いかぶさるように架かった大きな橋を見上げていた。日文の手を握ったまま、ハープ橋の下まで続く川沿いの砂利道を歩き始める。

日文は焦った。まだ解放してくれないのかと恐ろしくなった。

「すぐ近くに見えますけど、橋を渡るにはまた坂を上って大きな道路に出ないと……」

「橋のむこうには何があるんだろう。上からはきっと素晴らしい景色が眺められるんでしょうねぇ」

男は頭上に迫ってくる大きな橋を見上げながら、日文の手を引いてどんどん歩いていく。歌うような口調も、恍惚《こうこつ》とした表情も日文をゾッとさせた。

巨大な橋脚の手前でやっと男は立ち止まった。

「ああ、本当です。ずいぶん高いところに架かっているんですね。こんなに近いのに、すぐには渡れない……」

悲しげに呟くと、何の前触れもなく日文の手を強く引いて、砂利道の横の草むらに座り込んだ。不意打ちを食らった日文は、よろけるようにして男の足の間にすっぽりと収まってしまう。後ろから抱きかかえられるような形になり、ただでさえ暑いというのに、背中に接する男の体温が気持ち悪かった。

「少し休憩しましょう」

すぐ耳元で男が囁《ささや》く。日文の背中を、暑さのせいではない嫌な汗が流れる。

怖い。

はっきりとそう思った。このままこの人といたら、何をされるか分からない。

子どもながらに本能的にそう悟《さと》った日文は、男の腕を撥《は》ねのけて勢いよく立ち上がった。

豹変した日文の態度に驚いたのか、男は座ったまま茫然とこちらを見上げていた。

「もう帰ります。帰らないと怒られちゃう」

なぜか涙が溢《あふ》れてきた。泣きながら言うと、男は苦しそうに顔を歪《ゆが》めた。

どうしてそんな顔をするのだろう。心が痛んだけれど、考えれば考えるほど、これまでの男の言葉も行動も不自然に思え、やっぱり逃げることしか考えられなかった。

男はそっと顔を逸《そ》らした。弱々しく呟く。

「お母さんには言わないでね」

その声を合図《あいず》にしたように、日文はキルトのバッグを握りしめて駆《か》け出した。

同じ道は通らなかった。小さい頃から遊んでいただけあって、このあたりは知り尽くしている。もと来た道を戻れば、すぐに追いつかれてしまうだろう。帰りは坂道を上らなければならないのだ。肺活量でも持久力でも大人に敵《かな》うわけがない。

何よりも、自分の家を男に知られるわけにはいかないのだ。

砂利道を走り、並んだミキサー車やダンプカーの間をすり抜け、住宅街へと続く細い道を駆け抜ける。

お母さんには言うな。

ほら、やっぱり悪いことだったんだ。

それなのに、最後に見た苦しそうな顔が頭から離れない。

後ろを振り返らず、走り続ける。サンダルのストラップが足にこすれて痛い。荒れた舗装道路の窪《くぼ》みに足を取られて転びそうになる。でも、止まるわけにはいかない。心臓が飛び出しそうなほど苦しい。少しばかりの坂道なのに、今は苦しくてたまらない。

あの男は追ってきているのだろうか。

確かめたいのに、怖くて振り返ることができない。少しでも速度を緩めれば、あの長い足で、腕で、日文などすぐに捕らえられてしまうだろう。

縦横無尽《じゅうおうむじん》に入り組んだ細い道を日文は走り続けた。

ずいぶんと遠回りになったが、日文は何とか自分の家の近くまで戻ってきた。

よその家の石塀の陰に隠れるようにしてあたりを窺う。

男の姿はない。

足がもつれてアスファルトに倒れ込んだ。細かな砂利にやわらかい皮膚《ひふ》が削られる。歯を食いしばってすぐに立ち上がり、また走り出す。

見慣れた家の前の通りがひどく懐かしかった。安心したせいか、再び涙が溢れてくる。

玄関を開けた時には、盛大な泣き声を上げていた。

驚いて出てきた母親の胸に倒れ込む。母親は汗びっしょりの日文の背中に手を回し、

「どうしたのよ」と、汗と涙と鼻水で濡れた顔に張り付いた髪をかき上げてくれた。

日文はただ泣いた。

わんわんと声を上げながら、色々なことを考えた。

親切に道を教えたはずなのに、どうしてこんなことになったのだろう。

知らない人について行ったと怒られるだろうか。

あの人は悪い人だったのだろうか。

私に何をしようとしたのだろう。

もっと早くに逃げればよかった。

きっと、悪いのは私だったのだ。だから怖い目に遭《あ》った。

このことは、誰にも言わないほうがいい。

日文は母親にしがみついて泣き続ける。

泣きじゃくる日文の背中をポンポン叩いてあやしていた母親は、膝の擦り傷に気が付いた。

「あらあら、こりゃ痛いわ。盛大に転んだのね。ほら、もう泣かないの」

日文は大きく頷いた。

その日から、日文は大人の男を疑うようになった。

特にひょろっとした背の高い男を極度に恐れた。

たとえ優しそうに笑っていても、その仮面《かめん》の下では何を考えているか分からない。

何度もあの出来事を思い出し、そのたびに記憶の中の五感が、あの時の不快感をさらにリアルに再現してしまい、いっそう忌々《いまいま》しい記憶として日文の心に深く刻みつけていった。

新学期が始まると、学校では学年を問わずある噂《うわさ》が広がっていた。

市内に突如現れた「ギドー」なる人物が、帰宅中の子どもに声を掛けたり、付きまとったりするというのだ。付いていってしまうと、そのまま連れ去られてしまうとか、とてつもなく怖い目に遭わされるとか、情報としては曖昧《あいまい》なものだったが、子どもが怯《おび》えながらも好む話題だけに、あっという間に広まって、嘘か本当か、自分も「ギドー」に会ったと言い出す子どもまで現れた。夏休み中に、怪談や都市伝説に夢中になった子どもが多かったのだろう。この噂は、新学期の子どもたちにとって実にタイムリーな話題だった。

その話を聞いた時、日文はあの日の記憶が蘇って血の気《け》が引いた。

自分が会ったのは「ギドー」だったのだろうか。

もしもあの時逃げ出していなかったら、今頃どうなっていたのだろうか。

しかし、『ギドー』に会った」などと言い出せば、興味本位に根ほり葉ほり訊《き》かれて、ますます嫌な記憶を掘り起こされることになる。そう思うと、こんな話題で騒ぎ立てるクラスの男子たちも、わざとらしく怯えて盛り上がる女子たちも、ひどく疎《うと》ましく感じられた。

ちょうど同じ頃、大人たちの間でも、最近引っ越してきた中年男性の話題が広がっていた。その男は、どうやら心の病気にかかっているらしく、仕事もせずに昼間から街中をうろついているというのだ。

子どもを持つ親たちが警戒するのも当然である。小学生に広まった「ギドー」は、もとをただせば親たちの「知らない人には付いて行ったらだめよ」という、注意の言葉がきっかけだったに違いない。

結局、日文は誰にも自分が経験したことを話さなかった。

今となっては、たとえ親切心からでも、知らない男に付いていった自分は、いかに世間知らずの子どもだったかと情けない。

でも、町でお年寄りに道を訊ねられれば、たいていの人なら親切に教えるだろう。いや、「親切」ではない。教えるのが当然ではないのか。お年寄りならいいのに、あの男はだめだったのか。自分は正しいことをしたのではなかったのか。何が正しいのか、さっぱり分からない……。

だから根本的な原因を憎《にく》んだ。あの男に遭遇《そうぐう》してしまったあの日の自分を呪《のろ》った。

あの河原に近い我が家を、あの街を嫌いになった。

早くあの場所を離れたくて、どうしようもなくなった。

年が明けた。

年末年始も「小日向食堂」は営業である。これは社長の考えで、どんな時でも休まずに働いている人がいる。そういう人に温かな食事を提供するのが「小日向食堂」の使命である、と言う。そこで働く日文たち社員のことなどまったく顧みていない。

けれど、自分も休まずに働いているからこそ思うのだ。せめて同じ境遇の同志たちには、温かい食事を楽しんでほしいと。

とはいえ、サンモール商店街も営業している店、潔《いさぎよ》く休日としている店と様々で、元日はそう混みあうわけでもない。「小日向食堂」も大晦日と元日の営業時間は短く、午後六時には閉店するので、日文たちスタッフも早く帰宅することができる。

美紗紀は大晦日から静岡に帰省している。普段はまったく故郷に帰らないが、年末年始だけは家族で過ごさないといけないらしい。

仕事を終えて帰宅した日文は、スーパーで買ったおせちを座卓に並べ、スマホに手を伸ばした。深呼吸をしてから、実家の番号をタップする。帰省しない代わりに、元日の電話だけは毎年の恒例にしているのだ。午後七時半。この時間なら、家族でテレビでも見ている頃だろうか。

すぐに電話に出た母親の声は弾《はず》んでいた。今年は伊吹が帰っているからだろう。

『あら、日文。明けましておめでとう』

「おめでとう。変わりはない？」

『ないわよぉ。今日は伊吹とお父さんと、秩父神社に初詣に行ったわよ。三人で行くのは久しぶり。あんたもおせちくらい食べたの？』

「うん、これから」

『そういうことはちゃんとしておかないとね。ところで』

来る、と思った時にはもう遅かった。

『あんたはいつ帰ってくるのよ』

「……しばらくは無理かな。忙しいから」

少し長く話し過ぎた。日文の声のトーンが下がる。

素っ気ない返事に『そう』と母親の声がさらに下がる。せっかく上機嫌《じょうきげん》だったのに、水を差してしまったと、日文の気持ちは重くなる。

忙しいのは嘘ではない。今が忙しいというよりも、これから忙しくなる。

信義が退職した後の中野店の店長をやってくれないかと、マネージャーから打診があったのはつい先日のことだ。そうなれば、これまでの信義がそうだったように、ますます休みが取りづらくなる。バイトのシフトの穴を埋めるのは、今度は日文なのだ。

それでも美紗紀と巧がいるのが救いだ。何としてでも、早急に新しいバイトを確保しなければ、自分の首を絞めることになる。

そこからの会話は、お互いが上の空のようで、ふわふわといくつかの言葉を交わして終わった。スマホを座卓に置き、もう一度深呼吸をする。とりあえず、役目は果たした。

日文は気持ちを切り替え、「いただきます」と手を合わせた。

座卓にあるのは、日本酒のワンカップと、昆布《こぶ》巻《ま》き、栗《くり》きんとん、紅白なます。いずれも市販のものだ。一人ならおせちもたいそうなものを用意する必要はない。好物だけを買って、好きなだけ食べればいいのである。

奮発《ふんぱつ》して栗きんとんの大きなパックを買ってしまった。

子どもの頃は伊吹と栗の取り合いだった。

今は独《ひと》り占めできる。それなのにちょっと寂しい。

お正月くらい家族が揃うのも悪くないのかもしれない。

こんなふうに思うのは初めてだったから、自分でも驚いた。

今年は伊吹が帰ったからだろうか。きっと私だけ一人なのが寂しいのだ。

明日はお雑煮が食べたい。ブロードウェイでお餅《もち》と鶏肉《とり》と柚子《ゆず》を忘れずに買う。

私のお雑煮は、当たり前のように泊家のお雑煮だ。

真冬のウォーキングは家を出るまでに一大決心を必要とする。けれど、歩き出してしまえば次第に身体は温まるし、井の頭公園まで行けば顔なじみの仲間と会える。そして帰りに「自然食カフェみちる」に寄って温かい食事をとれば、心もお腹も満たされる。それに、歩いている間の思考は無限大だ。どうも最近は色々なことが重なりすぎて、心が揺れている。

今回は新年最初のウォーキングである。

陸上競技場に行くと、原口さんのグループがストレッチに励んでいた。

「ねぇ、日文ちゃん。来月の最初の日曜日、予定ある？」

原口さんが脇腹を伸ばしながら訊ねた。

「日曜日は仕事なんです」

日文もその動きをマネしながら答える。

「『小日向食堂』さんだものねぇ。どうにかお休みできないかしら」

「何かあるんですか」

原口さんが上体をひねる。

「防災訓練に参加してほしいのよ。市では毎年秋に地区ごとに消防署さんなんかにも協力してもらって、大規模な訓練をしているんだけど、ウチの地域は高齢者も多いし、もう少し狭いエリアで団結して、春先にもやらないかってことになったの。規模はずっと小さいけど、地元の消防団の人たちの協力で、避難所の確認をしたり、消火器の使い方を練習したり、きっと役に立つと思うわ。日文ちゃん、いざという時、どこに避難するか知っている？」

「……知りません」

何度も話をするうちに、原口さんたちのグループも日文と同じ町内に住んでいることは知っていた。ただし同じ町内でもかなりの広さがあり、いくつかの地区に分かれているから近所というわけではない。

日文の暮らすアパートは単身者専用のため、回覧板が回ってくることもなく、地域行事からはどうしても取り残される。そもそも土日もずっと働いてきた日文は、地区ごとの大掛かりな防災訓練があることすら知らなかった。どちらかと言えば、職場のある中野区の行事のほうが詳しいほどだ。

「ねぇ、お願い。若い人がいるとお年寄りたちも安心するのよ。それよりも、若い人にもっと参加してもらいたいの。日文ちゃんくらいしか頼めないのよ」

原口さんたちのグループは、六十代から七十代前半。彼女の言う「お年寄りたち」とはいったい幾つくらいの方々なのだろう。そもそも、そんな人まで訓練に参加するものなのか。地域行事に一度も参加したことのない日文にはまったく想像できなかった。

とはいえ、「小日向食堂」を訪れる高齢者はみんなお元気だ。潑溂《はつらつ》とした老人たちが、地域の人々との触れ合いを楽しみにして、そういう行事に参加するのかもしれない。原口さんには何かと世話を焼いてもらっている。彼女に声を掛けてもらえなければ、日文のウォーキングは間違いなく一人ぼっちの味気ないものになっていた。

「店長に相談してみます」

そう答えた時には、すでに心は決まっていた。

実はつい先日、信義から「今のうちに連休を取ってほしい」と言われていた。

信義は退職に向けて着実に準備を進めている。後任の日文のために、マネージャーにも相談して、万全《ばんぜん》の態勢で引き継ごうとしてくれている。

信義がいなくなれば、日文は慣れない店長業務とスタッフのやりくりに追われ、しばらく連休を取るのは難しいだろう。日文の性格を考えれば、他のスタッフの希望を優先して、週に二度の休みさえ取らない可能性もある。そうなる前に、まとまった休みを取らせようとしてくれているのだ。

元日の母親との電話では、「忙しい」と言葉を濁《にご》したものの、このままいけば帰省できそうである。しかも、これまでになくゆっくりと。

ならば、連休の最初の一日を防災訓練に充てればいいのだ。たとえ忙しい日曜日であっても、信義に事情を伝えてお願いすれば、バイトをやりくりして休ませてくれるに違いない。

かくして日文は、日曜日から水曜日まで、四日間の休みをもらった。

年が明けてから、美紗紀も巧も、信義との時間を惜《お》しむように仕事に打ち込んでいる。その空気は他のアルバイトにも伝わり、店の結束力はこれまで以上に強くなっている。以前の突然の病欠時に比べれば、よっぽど安心して店を任せることができる。

こうして日文は、初めて地域の行事に参加することとなったのである。

原口さんのグループとはいつもの競技場で待ち合わせて、一緒に会場に向かうことにしていた。指定された時間に行くと、彼女たちは思い思いにストレッチをしていた。たとえ防災訓練といえど、普段の習慣を疎《おろそ》かにするつもりはないらしい。

彼女たちがやけに大きな荷物を持っているのが気になったが、日文が到着するなり原口さんは「じゃあ、出発!」と声を上げ、そのまま徒歩十分ほどの小学校に到着した。

二月といえば真冬である。訓練の会場となる小学校のグラウンドは風当たりが強く、身も竦《すく》むほどに寒かった。

風が吹き抜けるグラウンドに、地区ごとに多くの人々が整列している。

厳密に言えば、日文は原口さんたちとは違う地区なのだが、今回は飛び入りということもあって、彼女たちの地区の最後尾に並んだ。

前方で年配の消防団員が挨拶《あいさつ》を始めた。場所が小学校のグラウンドのせいか、子どもの頃の朝礼や運動会の開会式を思いだす。けれど、周りにいるのは自分よりもずっと年上のおじいさん、おばあさんばかり。原口さんが若者の参加を求めていた理由も納得できる。

地区は違えど、みんな同じ三鷹市民。今になって、自分の拠点はここだという意識がひしひしと芽生えてくる。この人たちと支え合って生きている。

「すみませーん、遅れました」

後ろからの声に振り返ると、「自然食カフェみちる」のマスター夫婦だった。彼らも常連客の原口さんに誘われ、断りきれなかったのだろう。ただでさえ日焼けをして体格のいいマスターが、今日はファーの耳当て付きの帽子に分厚《ぶあつ》いジャケットを着ていて、そのまま狩猟にでも出かけられそうないでたちである。

「何よ、マスター。若いくせにそんなに着ぶくれて」

そういえば、原口さんたちは全員がいつもと変わらず、防寒に優れているとは言い難いスポーツウェアである。

「ひどいなぁ。強引《ごういん》に誘ったくせに。今日は店を閉めて参加したんですよ。後でちゃんと今日の売上損失《うりあげそんしつ》を埋めてもらいますからね」

「しょっちゅう使っているじゃないの。後で会長さんに紹介してあげるわ。町会の会合の後は『みちる』を使えって言っておくから。その代わり、ビールと焼酎《しょうちゅう》は切らしちゃダメよ」

「そうよ。商売やっているんだったら、なおさらこういう行事に参加しないと」

「分かっていますって。お誘いありがとうございます」

オバサマたちに詰め寄られても、マスターも花梨さんも笑顔のままだ。

日文よりも少しばかり年上で四十代の彼らも、ここに集まった人々に比べれば十分に若手だ。そして、この寒空《さむぞら》にもかかわらず、参加してくるお年寄りたちに頭が下がる思いがした。つまり、みなさんお元気なのだ。

集まったご老人たちは、前方で消防団員が説明をしているにもかかわらず、仲間たちと楽しげに談笑している。学校と違って、先生に「静かに」と注意されることもない。このゆるさがたまらない。

運営は各町会と地域の消防団が行っているらしく、挨拶と説明が終わると、町会ごとに分かれてそれぞれの訓練へと移る。

日文たちが最初に参加したのは、消火器の使い方についての訓練である。

消防団員の説明に従《したが》い、まずは火事の発生を周囲に知らせ、続いて水を入れた訓練用消火器を持って炎が描かれた的《まと》に向かって水を噴射する。

真っ先に得意げにやって見せたのは、「みちる」のマスターだった。迫真の演技で「火事だ！」と叫ぶと、素早い身のこなしで消火器を構え、ピン、ポン、パン、つまり、ピンを抜き、ホースを構え、ハンドルを握って噴射、の要領で勢いよく水を当てて的を倒す。

原口さんが歓声を上げると、見守っていた高齢の女性たちも黄色い声を上げ、それだけでマスターはアイドルのような存在に祭り上げられてしまった。もっとも、どこを見回しても四十代前半の男性はマスター一人である。その上、ワイルドな男前でもあるから、明らかに目を引いている。そこへ、花梨さんが素早く持参した「みちる」のショップカードを配る。素晴らしい連携である。

何度も訓練に参加している高齢女性たちは、水を入れた消火器は重いからと辞退し、日文が二番目に消火器を握ることとなった。

迫真の演技を見せたマスターの後だけに気が引ける。躊躇《ためら》いがちに「火事だ」と叫ぶと、的の横で仁王立ちした消防団の男性に「もっと大きな声でないと、周囲に伝わりません」と注意され、もう一度「火事だぁ」と渾身《こんしん》の力を込めて叫ぶ。

考えてみれば、周りは高齢者ばかり。恥ずかしくもなんともない。

ホースを構えた瞬間、水圧の強さにコントロールがきかず、的ではなく消防団員に思いっきり水をぶちまけていた。「しまった」と思ったが、うまくホースを動かせない。ようやく的に命中した時には、だいぶ水の勢いも衰えていて、びしょ濡れになった団員が苦笑いを浮かべていた。

「ご、ごめんなさい」

日文は慌てて駆け寄った。

「いえいえ。こんなの、日常茶飯事《にちじょうさはんじ》ですから！」

彼は尻ポケットから出したタオルで顔を拭うと、ニコッと笑った。またしても黄色い歓声が上がり、日文まで楽しくなってきた。

地域の繋がり、意外と好きかもしれない。

次は物干し竿《ざお》と毛布を使った簡易担架《たんか》の作成だった。これも「みちる」のマスター夫妻と日文がほとんど任された。ずぶ濡れの団員はいつの間にかどこかに行っていた。

集まっているのが高齢者中心のためか、訓練は一時間半もかからずに終わった。

大活躍した日文と「みちる」のマスター夫妻はすっかり人気者となる。

どちらも初参加だったため、「家はどこなの」「最近引っ越してきたの」などと質問攻めだ。

「さぁ、じゃあ、二次会始めましょうか」と原口さんは持参していた大きなバッグを抱え上げた。そういえば、マスターもクーラーバッグを持っている。

どうやら二次会では、それぞれが持参した料理や飲み物を広げて、訓練の打ち上げをするらしい。参加するのは、いつものグループとマスター夫妻である。

訓練だけで終わらせず、どこまでも楽しむ。彼女たちの姿勢にまたしても驚かされる。

しかし、日文は何も用意してきていなかった。そもそも、二次会があるなど初耳《はつみみ》である。手ぶらで参加するのも申し訳ないと思い、そっと抜け出そうとすると、すぐに原口さんに見つかった。

「日文ちゃんはいいの。私が伝えなかったんだから。無理を言って、仕事まで休んでもらったんだもの。今日は本当にありがとうね」僕らだって無理やり参加させられたんですけど」

「マスターはいいのよ。これも立派な営業活動なんだから。それに料理はお得意でしょ。でも、外で料理を広げるにしてはちょっと寒いわね。見学してばっかりで身体も冷えてしまったし」

思わず日文とマスターは顔を見合わせる。ほとんどの訓練に参加した日文たちの身体は、すっかり温まっている。けれど、このままじっとしていれば、すぐに凍《こご》えてしまうだろう。

マスターが腰に手を当てて、わざとらしくため息をついた。

「仕方ないなぁ。よし、みんなで『みちる』に行きますか。今日だけ特別に開放します」

「ありがとう、マスター。そう言ってくれると思っていたわ」

「こんなことなら、料理持ち寄りじゃなくて、最初からウチを予約してくれればよかったのに」

「つべこべ言わないの」

会場からも遠くはない「自然食カフェみちる」に移動した日文たちは、いくつかのテーブルを中央にくっつけて、その上にそれぞれが持参した料理を並べた。

原口さんは大葉《おおば》と白胡麻《しろごま》入りのお稲荷《いなり》さん、マスターはお得意の卵サンド、他にも筑前《ちくぜん》煮やミートボール、チーズ入りの春巻き、蒸しパンやクッキーなど、子どもの頃の誕生日会のようなメニューでテーブルはいっぱいである。

大きな魔法瓶《まほうびん》を持ってきた女性は、紙コップに熱々の甘酒《あまざけ》を注いでくれた。冷えた身体に生姜《しょうが》の効いた甘酒は沁《し》みるように美味しかった。

「日文ちゃん、彼氏いないの？」

食事が進むと、遠慮《えんりょ》なくオバサマたちが聞いてきた。花梨さんも楽しそうに日文を窺っている。

でも、なぜか嫌な気持ちにならない。来たか、と思う程度である。彼女たちは単に興味本位で聞いているからだ。母親の場合はそれが切実な質問だから気が重いし、友人の場合は自分には彼氏がいるという優越感を押し付けられるから腹が立つ。そもそも、ずっと一人で生きていく、という選択肢《せんたくし》がハナから用意されていない。

日文が直人以外に親しい友人、特に女友達を作らなかったのは、恋愛の話題が苦手だったからでもある。彼氏がいると「勝ち」なのか。結婚すれば「幸せ」なのか。ずっと心の中で思ってきた。どうして自分はそういうふうになれないのかと思ったこともあるが、やっぱり答えは分かっていた。子どもの頃の嫌な記憶。そのせいだ。彼氏。結婚に出産。その先の家族。「あればいいな」とは思っても、やっぱり自分には現実味がない。

日文は笑って答えた。

「彼氏なんていませんよ。一人は気楽で楽しいですから」

「今の子って、そういう感じなのかしらねー」

原口さんは感心したように言う。やっぱり楽だ。彼女たちは、母親のように「一人」でいる日文のことを過度に案じたりしない。けれど、気にはしてくれていて、その距離感が心地いい。

「マスター、熱いコーヒーが飲みたいわ。団体料金でお願いできる？」

原口さんが言った。

「仕方ないなあ。特別に今日は全員に『ようすけブレンド』をご馳走《ちそう》しますよ」

マスターが立ち上がると、盛大な拍手が巻き起こった。

世代を超えた繋がりがそこにはあった。少し前の日文には想像できない休日を過ごし、何だか夢を見ているような気持ちで熱いコーヒーをすする。

地域の防災訓練に初めて参加した。

災害が起きた時、避難所の小学校に行けばみんなに会える。

今まで知らなかった心強さだ。

たくさんの人に会った。お年寄りが多かったが、お年寄りだから、人と人との繋がりを大切にするのかもしれない。自分一人でどうしようもない時、誰かの助けで救われることを私よりもずっと知っているから。

ふと、結婚式で会った直人のお母さんを思い出した。

一人で心細くないかと訊いた時、ご近所さんがいるから大丈夫だと笑っていた。

きっとこういうことだったのだ。


興奮冷めやらぬまま一夜が明け、大した準備もなく日文は故郷へと向かった。

帰るには色々なルートがある。いずれも乗り換えが何度かあり、最短で二時間程度。近いとは言えないが、そこはやはり東京と隣接する埼玉県。信義の実家のように新幹線に乗らなければ帰れないほどの地方ではない。

遠回りになるが一度新宿に出て手土産《てみやげ》を買うことにした。

今回は二泊できるので、時間の余裕もある。

一週間ほど前に、帰省すると伝えた時の母親の喜びようは想像以上だった。

正月に伊吹が帰省したため、子どもに対する母親の欲求も少しは満たされたかと思ったが、逆効果だったらしい。今度は家族四人で過ごしたいと、ますますエスカレートしていたのだ。長年連れ添った夫婦二人だけの単調な時間に、伊吹が加わることで会話が弾み、思いのほか楽しかったのだろう。

日文の母親とたいして年齢の変わらない原口さんグループの女性たちは、それぞれ今も独身の子どもと同居している。もう二十代、三十代のはずだが、職場にも実家から通っているという。すでに結婚した子どもたちも近くに住み、頻繁に行き来をしている。比較しても仕方がないけれど、彼女たちに比べれば、夫婦だけで何年も暮らしている日文の両親はやはり寂しいに違いない。そう思うと、罪悪感のような感情が芽生えてきて、日文は軽く頭を振った。

生まれ育った街に降り立つ。駅前はすっかり観光地のようになっていて、懐かしい山のシルエットが見える。春になれば、あたり一面をピンク色に染める芝桜《しばざくら》を見物に多くの人が押し寄せるが、真冬のこの時期は古社への参拝か、温泉が目的の客がまばらに訪れる程度だろうか。故郷を離れて長い日文には、この土地の日常がすでに分からない。

駅から実家までは徒歩で三十分程度と近くはないが、何となく自分の足でこの街を歩いてみたくなり、ロータリーと広い駐車場を通り過ぎて、市街地へと続く緩やかな坂を下っていく。通り沿いには建物が並んでいるが、東京に比べて人も車もずっと少ない。広い通りから逸れて住宅街に入る。角を曲がるごとに少しずつ道は細くなる。平日の昼間だからか、ほとんど誰ともすれ違わない。

駅から遠ざかるにつれて家々の敷地は広くなり、所々に畑が出てくる。道の端の崩れたコンクリート塀に座ったおばあさんが日文を見て、「疲れちゃったから休憩」と人懐っこく笑った。大きなリュックを背負《せお》っていて、どこかで食品の買い出しをしてきたようだ。

スーパーはどこにあっただろうか。日文は記憶をたどるが、かつて親と買い物に行ったスーパーが、今もあの頃のまま残っているかも分からなかった。どちらにせよ、街全体が緩やかな斜面になっているようなこの街は、お年寄りには堪えるはずだ。

前方に木立《こだち》が見えてくる。それが荒川の対岸である。見えているのに思いのほか遠く、なかなか近づかない。日文はひたすら歩き続ける。ウォーキングの成果か、身体は軽く、どこまでも歩いていけそうだ。

よく晴れている。乾燥した北風が山のほうから吹き付け、むき出しの頬が凍えた。

家に近づいていく。そうなれば、通った保育園も小学校も中学校も、同級生の家の場所にさえ記憶が繋がっていく。思い出すというよりも、身体が覚えている。

塾の場所も分かる。小学校の向こう側だった。今思えば、家からはかなり離れた塾まで週に二度もよく通ったものだと思う。行きたかったから、というよりも、同級生のほとんどが通っていたからだ。ならば通うのが当たり前。自分の意思など何ひとつ働いていなかった。そのせいだろうか。道を訊ねられれば教えるのも当たり前だった。人には親切にしなければいけないと、教え込まれていた。

案内するという行為は、明らかに日文の意思だ。判断を伴う意思。初めての自発的な行動だったかもしれない。

あの時の自分は、やっぱり間違っていたのだろうか。今も分からない。

何の考えもなしに行動した自分が情けなくて、臆病《おくびょう》で慎重な子どもになった。

嫌な記憶が染みついた河原が、故郷が、嫌いになった。

日文はギュッと目を閉じ、大きく深呼吸する。

小学四年生の日文が駆け抜けた道を、ゆっくりと踏みしめるようにして家路をたどる。

高校を卒業するまで何度も通った道だけれど、そのたびに記憶をシャットダウンするように地面を見つめて黙々と歩いた。

川へと続く、緩やかな坂を見下《みお》ろす。その先には常緑の木々が茂っている。奥には秩父公園橋、通称ハープ橋の堂々とした姿が見える。巨大な塔からは、いくつものケーブルがピンと張られている。冷たいほどの風に吹かれながら日文は思った。

綺麗だ。あまりに綺麗で涙が浮かぶほどだった。これが故郷の景色。

昨年の秋に新潟に帰省した信義も、数年ぶりに故郷を眺めてこんな気持ちを味わったのかもしれない。無条件に胸を締め付ける何かが、故郷の景色にはある。それを今、日文は嚙みしめていた。

信義は覚悟を決めた。

日文の覚悟もすでに決まっている。

ようやく家の前に到着した。明るい日差しの下で見ると、記憶にあるよりも壁面がだいぶくすんでいる気がした。日文が生まれた時にはすでにこの家で、何度か小さなリフォームはしているはずだが、こうして改めて眺めるとやっぱり古びている。

玄関のインターフォンを押す。自分の家でありながら、今は自分の家ではない感覚がある。けれど、帰ってきたという思いは強い。

「おかえり、日文」

飛び出すような勢いで、母親が玄関ドアを開けた。後ろには父親の姿まである。二人で玄関まで迎えに来ることなど、これまでにあっただろうか。

「ただいま」

お土産を差し出すと、母親は「あらあら」と嬉しそうに受け取った。

新宿のデパートでお菓子を買ってきてよかった。どこの何かは知らなくても、母親はこの土産がこのあたりで買えるものでないことを、ちゃんと分かっている。日文を待つていてくれたのだ。

とうにお昼時を過ぎていたが、居間の食卓には昼食の準備が整えられていた。日文を待っていてくれたのだ。

「夜はすき焼きにしようと思うの。お昼は炊《た》き込みご飯にしたわ、牡蠣《かき》ご飯。日文、好きだったでしょう」

「うん」

父親は居間に戻るなり、さっそくテーブルに着いている。普段の昼食よりも遅い時間になり、すっかりお腹を空かせているのだろう。母親はいそいそと台所に向かい、お吸い物を温めている。

食卓に並んだ炊き込みご飯と、柚子を浮かせた豆腐と茸《きのこ》のお吸い物、青菜《あおな》のお浸《ひた》し。シンプルな献立《こんだて》だが、両親の普段の昼食よりはずっと手が込んでいるはずで、日文の好物ばかりだ。その上、夜はすき焼き。きっと他にも、細々《こまごま》とした料理が並ぶに違いない。

帰省のたびに、「何が食べたい？」と必ず訊かれる。そのくせ、日文に食べさせたいものので実家の冷凍庫も冷蔵庫もパンパンなのだ。

母親の愛情とは子どもの胃袋《いぶくろ》を満たすことなのかと思いながらも、学生の頃は好物ばかり並ぶ食卓に歓喜した。一人暮らしではこんな食卓にはありつけない。

今の日文には分かる。母親は子どもの胃袋を満たしたいだけではない。喜ばせたいのだ。喜ぶ顔を久しぶりに見たいのだ。

かつては毎日目にしていた子どもたちの笑顔。「美味しい」「おかわり！」の声。母親にとって、何よりもやりがいを感じる瞬間ではなかったか。

それはまさに、日文が日々「小日向食堂」でお客さんから得られる喜びと同じものだ。家族でなくても、客として訪れた人々が、信義や美紗紀が調理し、日文や巧が運んだ料理を「美味しい」と喜んで食べてくれる。挨拶を交わし、時には他愛《たあい》のない会話で盛り上がる。そんなお客さんを送り出した後は、信義や美紗紀と「今日も頑張ったねー」と笑い合う。自分は、きっとたくさんの喜びを仕事から得ているのだ。

「……美味しい」

自然と零《こぼ》れだしていた。「やっぱりお母さんの牡蠣ご飯は最高だね」

黙って咀嚼《そしゃく》していた母親は箸《はし》を止めて嬉しそうに笑った。

「そう？　日文は東京の飲食店で働いているんだもの。普段からもっと美味しいものばかり食べているんでしょう？」

日文はお吸い物に口を付ける。

「そんなことないよ。チェーンの定食屋だもん」

毎日のように味噌汁は飲んでいるが、それとはまったく違った澄《す》んだ味わいは、やはり母親の味だ。母親は汁物を食卓に欠かすことはなく、味噌汁だけでなく、お吸い物やスープ類もしょっちゅう作ってくれた。柚子を浮かせたり、三《み》つ葉《ば》を浮かせたり、子どもの頃の日文はお吸い物にさほど魅力を感じなかったが、今は優しいお出汁《だし》の香りになんともいえない安心感がある。

「お昼からこんなご馳走なんて食べないもん。やっぱり、食べる人のことを思って作ってくれた料理って、それだけで美味しく感じるよね」

「あら、そんなにご馳走かしら。いつものご飯を牡蠣ご飯にしただけだけど」

もちろん日文のために。それが分かるから、しみじみとありがたい。

「私の普段の食事はね、定食ばっかり。鯖の塩焼きだったり、鶏の唐揚げだったり、とんかつだったり、野菜炒《いた》めだったり。メニューの種類があるから、飽きることはないかな」

「定食なら、ご飯の他に味噌汁や小鉢《こばち》なんかもつくんでしょう。意外とバランスいわね」

「もう若くないもの。それなりに食事には気を遣《つか》っているよ。帰りも遅いから、夜は豆腐が中心」

「ヘルシーなのはいいけど、ちゃんと食べるものは食べなきゃだめよ」

「うん。食いっぱぐれないために、定食屋で働いているんだもん」

「頼もしいな」

それまで黙って食事をしていた父親が笑っている。

再び牡蠣ご飯の茶碗を手に持ち、醬油《しょうゆ》と出汁の沁みたふっくらとした牡蠣を味わう。

不意に思う。母親の作る料理を食べて大人になったのだ。

噛みしめるたびに、懐かしい味が広がる。口の中だけでない。全身に広がっていく気がする。母親が毎日用意してくれた、家族のための料理。母親にとって、日文や伊吹が離れていくことは、自分の料理を食べてもらえないことは、どれだけ寂しかっただろう。

あの頃はそんなことなど考えなかったけれど、今は考えられるようになった。

「やっぱり日文や伊吹がいると食卓が賑やかで楽しいわね。お父さんと二人だと張り合いがないもの。ねぇ、やっぱりこっちに帰ってくる気はないの？　駅前は前よりもちょっと賑やかになったでしょ。探せば仕事くらい見つかるんじゃないかしら」

ほら、やっぱり来た。

いつもなら、ここでなぜかカッと頭に血が上る。日文はゆっくりとお吸い物をすすった。

「んー、仕事って何でもいいわけじゃないんだよ。私、今の仕事が好きだし。たぶん、ずっと辞めないと思う」

父親は黙って食事を続けていて、母親は「そう」と声を落とした。

もしかしたら、急に帰省するなどと言い出したから、すっかり誤解をさせてしまったのかもしれない。ぬか喜びをさせたなら、可哀《かわい》そうなことをしたとわずかに心が痛む。

追い打ちをかけるつもりはないが、今、ここで伝えなければならない。

「私、四月から店長を任されることになったの。店は変わらないから、仕事には慣れているけど、今よりもずっと責任が増える。その分、忙しくなると思う」

「店長？」

母親の声が裏返った。都会のチェーン店など店舗数も多く、一店舗に配属される社員数も少ないから、店長になるのはそう珍しいことではない。しかし、おそらく母親の認識は違う。

「あんた、そんなの引き受けて大丈夫なの」

「大丈夫だから任されたんだよ。たぶん、私はお母さんが思うよりもずっと責任を持って社会人をしている。ちゃんと東京で地に足をつけて生きているの。だから安心して」

そう。ここはいつまでも帰る場所ではない。「ギドー」らしき人に会ったあの頃のように、泣きながら逃げ帰る場所ではないのだ。

食事を終え、日文は洗い物を引き受けた。

お盆に乗り切らない皿を運んできてくれた母親の背は、こんなに低かっただろうか。お正月に合わせて美容室に行ったきりなのか、見下ろした頭頂部の生え際《はぎわ》には、伸びてきた白髪《しらが》が目立っている。

ふと、いくつになったのだろうと考えた。まだ七十歳にはなっていないけれど、正確にいくつだったか自信がない。確実に母も、父も、自分も年をとっていく。このままの調子で、一年に数回しか会わないのだとしたら、両親が生きている間にあと何回会えるのだろう。どれだけの時間を一緒に過ごせるのだろう。

そのことに気付いたとたん、たまらない焦燥感《しょうそうかん》に襲われた。

そういえば、さっきの食事中も感じたではないか。父は、こんなに音を立ててお茶をすする人だっただろうか。母は、あんなにもお吸い物やお茶を注ぐ時にこぼす人だっただろうか。きっと信義も帰省した時に同じように感じたのだ。今の日文のように、胸をぎゅっと締め付けられるような気持ちを味わったのだ。

台所から戻ると、両親の笑い声が聞こえた。ソファに並んで座り、テレビのトーク番組を視聴している。きっと平日は欠かさず見ているのだろう。ゲストのトークに母親が時折ツッコミを入れ、そのたびに父親が笑っている。いいコンビだ。ソファは三人掛けだが、両親はまるで二人用のソファのように絶妙《ぜつみよう》な配置で座っている。夫婦だけの生活がすっかり染みついているようで、ちょっぴり寂しい気持ちになった。

「あら、日文。洗い物、ありがとうね」

「うん」

居場所を探し、日文は先ほどまで座っていた食卓テーブルの椅子《いす》に腰を下ろした。

食事が済んでしまえば、たまに帰ってきた実家でやることなど何もない。一緒にテレビを見るにしても、トーク番組には興味がない。

「そうだわ。この番組が終わったら、日文も散歩にいかない？　最近はお父さんと毎日ウォーキングをしているの」

昔は運動などまったくしなかった母親が得意そうに笑った。

「どうせやることもないから、付き合おうかな。ところで、どこを歩くの？」

「家の近所よ。荒川まで下って、川沿いを橋まで歩いて、住宅街をぐるっと回って帰ってくるの。そうね、四十五分くらいのコースかしら。お正月は伊吹も一緒に歩いたのよ」

「へぇ」

荒川の河原。大きな橋。まさに忌《い》まわしいコースである。あれ以来、日文は徹底的に河原へ行くことを避けてきた。あの頃のままなのだろうか。

母親はトーク番組からは興味を失《な》くしたように、ぼんやりとした日文に話し続ける。

「そういえばね、ミナちゃんのお父さん、亡くなったのよ。まだ六十七歳だったのに」

とっさに「ミナちゃん」の顔を思い出せず、「そう」と相槌《あいづち》を打った。

「カナコちゃんの家はご両親が離婚して、家族バラバラになっちゃったみたい。どうしちゃったのかしらねぇ。それからね、イズミちゃんのお母さんはずっと入院しているの。お父さんが介護しているんですって」

いずれも小学校と中学校が同じだった近所の同級生だ。

子どもの頃はみんな同じだと思っていた。お父さんとお母さんがいるのが当たり前。違いといえば、兄や姉、弟や妹、そしてペットの有無《うむ》、「お父さん、お母さん」と呼ぶか、「パパ、ママ」と呼ぶか、それくらいだった。

でも、自分が働くようになって思う。そのコミュニティの中にも、経済状況の差や、家族の健康状態の差もあったはずで、それぞれ家庭の事情を抱えていたはずなのに、子どもたちはそんなことを何も意識していなかった。かつてはわずかだったかもしれないその差が、年月を重ねるにつれ、少しずつ大きくなったのだ。

家庭を持ち、家族を養うことの大変さが、大人になった今だから分かる。今の自分の年齢の頃には、両親も、同級生の親たちも、しっかりと子どもや家族を守っていた。

こういうことは、大人になったから気付くのか。それとも、親元を離れた期間が気付かせてくれるのか。またしても信義の顔が頭に浮かぶ。きっと信義は、これまで与えられてきたものを、今度は自分が返そうとしているのだ。日文の心が揺れる。

母親は話し続ける。きっと黙り込んだ日文が、自分の話に興味を持って聞き入っていると思ったのだろう。

「マナちゃんは美容師さんになって、お母さんの美容院を手伝っているんだって。片岡建設《かたおかけんせつ》も、今は息子のケンタくんが社長さんになったのよ」

そんな話は聞きたくない。かつての同級生がどうなろうと、それは日文とは違うのだ。

「よし、行くか」

父親がテレビを消して立ち上がった。ちょうど番組が終わったのか、日文を母親から解放してくれたのかは分からない。

母親も反射的に立ち上がり、「風が冷たいから温かくしていきなさい」と日文を促す。

すでに玄関で待機している父親は、やけに派手な蛍光《けいこう》オレンジのスニーカーを履いていた。母親はフリースのジャケットに毛糸のマフラーを巻き、ニット帽を被《かぶ》る。

特に厚着の用意などしてきていない日文は、アパートから着てきた黒いダウンコートを羽織《はお》った。

父親が先頭に立ってどんどん歩いていく。意外と速度が速い。住宅街を抜け、緩やかにカーブを描く下り坂に差し掛かる。その先が河原に続く砂利の広場だ。まばらに生えた木々はすっかり葉を落とし、むき出しになった幹が冬の日差しを白々と浴びている。

坂を下りきると、ぽっかりと冬枯れに囲まれた砂利の広場が現れる。今もあの頃のまま、舗装もされていない。ぴょんぴょんとまばらにススキの穂が残っていて、その向こうに荒川の流れが見える。一見するとゆったりと、実際にはかなりの速さで澄んだ水が流れている。

「今日は一台も車が停まっていないわね」

「平日だからなぁ」

少しだけ休憩、という感じで両親は駐車場の真ん中で立ち止まった。父親はストレッチをするように腕をぐるぐると回している。

この場所であの男に大きな橋の近くまで行ってみたいと言われて、砂利道を進んだ。帰りたくても、しっかりと手を繋がれていて言い出せなかった。

日文だけはどうしても歩みが遅くなってしまい、ようやく両親に追いつく。それを待っていたかのように、父親は砂利道のほうへと広場を横切って行く。そうなると、もう荒川の流れは見えない。ただ、前方にハープ橋が圧倒的な大きさで迫ってくるだけだ。

母親は日文の遅れを気遣うように、横にピタリと並んで歩き始めた。

「だいぶ街も変わったわよ。同じ家でも住む人が変わったりしてね。角っこにあった駄菓子屋さんもなくなって、今はマンションになっちゃったし、古い家は壊されてパーキングになっちゃった。都会以外はどこもそうかもしれないけど、人口は減少傾向ね。お年寄りも増えたし。ま、私たちもそうなんだけどね。同世代の人が病気になったり、亡くなったりした話を聞くたびにゾッとするの」

「お母さんもお父さんも、まだ元気じゃない」

「元気でいなきゃって思っているのよ。あんたや伊吹に迷惑かけたくないもの」

母親はそう言うと、元気だということをアピールするかのように、大きく腕を振ってみせた。速度を上げて前へ前へと足を出す。

しかし、すぐに速度を緩めて日文を待った。

「そうだわ、日文。儀同《ぎどう》さん、覚えている？　あんたが小学生の頃だから、忘れちゃったかもしれないけど、一時期かなり話題になった人よ」

突然、「ギドー」の名前が出て日文は動揺した。

そういえば、子どもの頃も家で「ギドー」の話題が出たことはなかった。もとより両親が人の噂話を好まない人たちだったせいかもしれない。夏休みが終わり、小学校に向かう日文と伊吹に「知らない人に付いて行ったらダメよ」と言っただけだ。日文にとっては遅すぎる注意であり、低学年だった伊吹はキョトンとしていた。

「儀同さんもね、去年の夏に亡くなったのよ。家はあのあたりだったかしら」

母親は前方を指さした。このまま河原を砂利道に沿って進めば、ハープ橋をくぐるような形になる。そのくぐった向こう側、枯れ草に埋もれるように数軒の古い家の屋根が見えていた。瓦屋根《かわらやね》もあれば、赤いペンキがすっかり褪色《たいしょく》してしまった屋根もある。

「最近の夏は暑いものね。庭先で倒れているのを近所の人が見つけたのよ。熱中症だったみたい。庭にね、アサガオやヒマワリを植《う》えていたから、お世話をしていたんでしょうね」

「……いくつだったの」

「私たちより下よ。まだ六十歳そこそこじゃないかしら。あの人も可哀そうな人よね。引っ越してきた時は色んな噂が流れたけど……」

噂。そう噂だ。暑い盛りに一人で引っ越してきた儀同さん。市の中心部からも離れたこの地区に、働き盛りの大人が単身で引っ越してくることなどめったにないから、あっという間に話題になった。その上、仕事をしている様子もない。心を病んで仕事を辞め、都会から越してきたと誰かが言い始めると、それがさらに膨らんで、いつしか危険人物と目《もく》されるようになってしまったのだ。

「学校にも儀同さんの噂は広まっていたよ。『ギドー』に会ったら追いかけられるって男子が騒いで、女子たちがキャアキャア怯えていた」

「そういえば、日文は昔から、そういうのを冷めた目で眺めている子だったわねぇ」

「そういうわけじゃないけど。ただ、校長先生が実はカツラだとか、音楽教師の化粧《けしょう》が濃いとか、クラスで盛り上がる話題がくだらないと思ってただけ」

「まぁ、人の見た目の特徴をからかう噂は感心できないものね」

そういう両親の元で育ったせいだろう。でも、「ギドー」の時だけは違った。男子の噂に日文は過剰に反応した。ただし、他の女子のように騒ぎ立てることはしなかった。

自分が遭遇したのは「ギドー」だったのか。それとも別の人物だったのか。あの男は、何らかの悪意があったのか。それとも、本当に案内してほしいだけだったのか。

あの頃と同じように、大きなダンプカーが何台も停まっている駐車場の横を歩きながら母親は続けた。

「……気の毒だったわよね。儀同さん、小学二年生だった娘さんと奥さんを交通事故で同時に亡くしたんですって。それがショックで気力をなくして、鬱病みたいになっちゃったそうよ。何を見ても悲しくなるから、縁《えん》もゆかりもないこの街に引っ越してきたの」

「え……」

「そんな話をしてくれるようになったのも、引っ越しから何年も経ってからのことよ。最初は本当に心ここにあらずって感じだったんですって。奥さんと娘さんを捜し歩いていたみたいなの。忘れるために引っ越してきたのにね。突然家族を二人も失ったら、やっぱりそんなふうになっちゃうのかしら……」

母親の声が哀愁《あいしゅう》を帯《お》びる。けれど、相変わらず腕を大きく振りながら、父親の後を追って歩き続ける。父親は同じペースで前を歩いている。

砂利を踏む音、枯れ葉を踏む音、それ以外は静かだ。自然に囲まれた穏《おだ》やかな街。ここが日文の故郷であり、大切な人を失った儀同さんが生き直すために選んだ街だった。

日文は胸に溢れてくる思いをどうすることもできない。

あの日、日文が会ったのは儀同さんだったのだろうか。だとしたら、「ギドー」と呼ばれるような人物ではなく、塾帰りの日文を見て、純粋に、本当に純粋な気持ちで、亡くした娘の面影《おもかげ》を重ねてしまったのかもしれない。

ずっと会いたくて、もう一度抱きしめたいと思っていた娘と思い込んでしまえば、手を握ることも、たとえ汗びっしょりだろうと後ろから抱え込むことも、何のためらいもないだろう。あの日、全力疾走して、泣きながら家に駆け込んだ日文を母親がそうしたように。

もしかして、私はひどいことをしたのだろうか。

何度も忘れようとしたのに、そのたびにより鮮明になるあの男の優しそうな顔や、手を振り払った時の傷ついたような顔が頭に浮かび上がる。

日文は前方に迫ってくる、草むらの向こうの古い屋根から目が離せなかった。

もう真相を知るすべはない。

「でもね、儀同さん、だんだん街になじんできたのよ。たぶん、そうしないといけないって、相当頑張ったのだと思うの。町会の会合や行事、ゴミ出しの当番。どれも引き受けると誰よりも真面目《まじめ》にやってくれてね。私も何度も会ったけど、物静かできちんとした人だったわ。……去年の夏、見つけたのは、ミッちゃんのお母さんだったの。家庭菜園で採れたキュウリとトマトをおすそ分けに行ったら、庭先に倒れていたんですって」

ミッちゃんは、確か伊吹と仲のよかった湊《みなと》くんのことだ。お父さんは市内の工務店に務める大工さんで、地元に残って結婚した湊くんの新居はお父さんが建てたと、何年か前に聞いた記憶がある。

「ちゃんと見つけてもらえてよかったね……」

「本当にそうよ。一人ってやっぱり怖いわよね」

話がまた妙な方向に行きそうな気がして、日文は自分から流れを変えた。

話すべき話題はこれしかなかった。

「私も今、休みの日にウォーキングしているんだよ。井の頭公園まで歩くの。井の頭公園でウォーキングなんて、ちょっとお洒落でしょ。公園で知り合いもできたし、帰りに自然食カフェでランチするの。すっかり常連。マスターも奥さんも素敵な人で、お料理もとっても美味しいんだよ。そうそう、地域の防災訓練にも初めて参加したの。ウォーキングで知り合った人に誘われてね、訓練なのに、楽しかったなぁ」

ちらりと横を歩く母親の顔を窺う。

母親は少し意外そうな顔をしたが、すぐに頰を緩めた。

「そう。日文も楽しくやっているようで安心したわ」

「うん、楽しいよ」

「仕事だけで精いっぱいなんじゃないかって心配していたのよ。ほら、実家にいた時はたいした手伝いもしなかったでしょ。私が何でもやっちゃっていたから。いつまで経っても彼氏の一人も連れてこないし」

「それは関係ないでしょ。それに、できないんじゃなくて作らないの。今では珍しいことではないよ。結婚の意味合いだって、人によって全然違うでしょ。私はいいの。一人だっていくらでも楽しく生きていける」

日文の力説に母親は笑った。

「別にいいわよ。あんたがそれでいいなら。ただ、いざって時にあんたが一人で心細い思いをしないかどうか、それだけが心配なのよ。ほら、私はお父さんがいるから」

母親は日文の顔を見つめて明るく笑った。傾きかけた夕日を浴びて、その顔はまるで輝いているようだ。

その顔にハッと胸を衝かれる。これまで、案じすぎていたのだろうか。

父も母も、まだ十分に自分たちで何とかしようとしている。子どもに頼ろうなどとは考えていない。むしろ、自分たちのことよりも、すっかり大人になった日文のことを今も案じてくれているのだ。もしも何かあるとすれば、ただちょっぴり寂しくて、かつてのように家族で過ごす時間がもっと欲しいだけなのかもしれない。

「……そりゃ心細い時はあるよ。寂しい時もある。でも、それって仕方がないことだよね。だって、昔はこうやって、いつもお母さんとお父さんがそばにいてくれたんだもん。だから、私は仕事をしている。職場では仲のいい同僚もいるし、いざって時に気にかけてもらえる」

夏の終わりに寝込んだ時、駆け付けてくれた美紗紀と、それを取り計らってくれた信義を思った。それ以前には直人が同じようにしてくれていたし、自分も同じだった。風呂場の電球が切れた時は伊吹が助けにきてくれたし、井の頭公園に行けば原口さんたちに会える。「自然食カフェみちる」では、楽しいマスター夫婦との会話とバランスのよい食事を楽しむことができる。

そうやって、この一年近くで繋がりを増やしてきた。

きっかけは直人の結婚だったけれど、日文の世界はずいぶん広がった。自分で広げていけるのだと、この年になってようやく気が付いた。いや、この年になったからだろうか。

日文はしみじみと呟く。

「人生、何とかなるもんだよねぇ」

先を歩いていた父親が立ち止まった。振り返って日文たちを待っている。

ちょうどあの草むらだ。日文が引き返そうと思うよりも早く、あの男が手を引いて日文を、薄いけれど大きな身体で包み込むように抱え込んで座った場所。

両親のウォーキングは、きっとここを右に曲がって住宅街を抜け、家へと戻るのだろう。まさにあの時の日文が駆け抜けたルートで。

母親は父親に手を振ると、日文に顔を向けた。速いペースで歩いてきたからか、ニット帽とマフラーに挟まれた鼻の頭に汗が浮いている。血色のいいその顔はまるで子どものようだ。

「そりゃそうよ。何とかならなきゃ、困るでしょ」

「そうだね。何とかするために、頑張らないといけないね」

「そういうことよ。頑張れば何とかなる。そう思い込んでいれば大丈夫よ。だって、頑張らなければ何も変わらないもの」

何とも頼りない言葉だが、確かにそうかもしれない。自分の気の持ちようなのだ。気持ちで負けてはいけない。

父親が待つ、あの場所までもう少し。

日文はきつく手のひらを握りしめて前方を見据える。ショートブーツの下の砂利を踏みしめる。

降りしきる蟬の声と身体を取り巻くむっとする暑さ。ずっと不快に思っていた記憶の中の感覚は、荒川の下流から吹き付ける乾いた風に乗って後ろへと追いやられていく。

目の前に父親が迫る。母親はその横に立って「早く」と日文を呼んでいる。

一歩ずつ確実に足を前へと踏み出していく。

「到着！」

母親が言う。ゴールでもなければ、折り返し地点でもない。ただ二人の場所に追いついただけ。なのに、母親が手を叩いて喜んでくれている。そんなに娘とのウォーキングが楽しいのか。

それよりも。

ようやくあの場所を通過した。通過することができた。なんてことはなかった。あの男が儀同さんでも、子どもにいたずらをしようとした悪い大人でも、もう、どうでもよかった。自分も大人になったのだから。

大人でも怖いものはたくさんある。何も恐れない人など、たぶん、どこにもいない。それも、大人になった今だからよく分かる。

一人で歩く夜道。

かけがえのない人との別れ。

突然の体調不良。

収入や未来への不安。

そして孤独。

数え出したらキリがない。

仕事帰りに「小日向食堂」を訪れる常連客たちの大半は、明らかに一人で暮らしている。彼らにとって「小日向食堂」は空腹を満たす場所であると同時に、「自分を認識してくれる」場所でもある。常連になってくれるのは、きっとそのためだ。

普段よく見かける顔をしばらく見なければ、日文は心配する。

次に来た時にさりげなく様子を訊ねて気遣う。

それでいいのだ。そのゆるやかな繋がりが、日文のやりがいにもなる。

父親と母親の間に、日文はまるでマラソン選手がゴールインする時のように両手を上げて入り込んだ。やはり歩くのは気持ちがいい。初めての両親とのウォーキングが、日文にはたまらなく楽しい。こんな穏やかな時間がいつまでも続けばいいのにと願う。

「ねぇ、せっかくだからもう少し歩かない？　歩きながら、最近のお母さんとお父さんの話を聞かせてよ。あと、伊吹はどうだった？　あいつがお正月に実家に帰るのなんて、何年振りだろうねぇ。みんなで紅白歌合戦を見たの？　伊吹、お雑煮おかわりしたでしょ？」

ねぇねぇと、日文はまるで子どものようにせがんだ。

「もう。そんなに一度に言われても困るわよ。どうする、お父さん。もう少し先まで歩ける？」

「よし。じゃあ、もう少し歩くか」

両親は短く言葉を交わし、行き先を決めたようだった。この街のどんな細い道も、この二人ならきっと知り尽くしているのだろう。

「珍しいわねぇ。いつもならゴロゴロしているだけなのに。家に帰ったらすぐに晩ご飯の支度をしなきゃ。日文、手伝ってくれるわね？」

「もちろん」

そのまま三人でハープ橋をくぐる。そこでふと思った。

もしもあの人が本当に儀同さんだったのなら。

「ねぇ、明日も歩くよね。明日はこの橋を渡らない？　対岸は公園になっていたよね。私、久しぶりにこの街をもっと知りたいな」

「本当に珍しいわねぇ。それなら朝から出かけましょうか。遠足みたいに」

「いいね」

橋を渡る。この空に聳《そび》えるような大きな橋は、どこか知らない世界に連れて行ってくれるような希望を抱かせる。もちろんそんなことはなく、河岸段丘《かがんだんきゅう》のこの地に、対岸同士を繋ぐために架けられた単なる巨大な橋だ。

でも、もしもあの人が儀同さんなら。

家族を失って悲しみに暮れていたのなら、はるか遠くからでも見えるこの橋に、もっと違う思いを抱いたとしてもおかしくないのではないか。

まさに空に架かるようなこの大きな橋の向こうにいけば、何か大切なものが待っていてくれる。そんな幻想を抱かせてくれるような美しい橋なのだから。

儀同さんは亡くなった。今頃、先に旅立った家族に会えているのだろうか。ぎゅっと抱きしめているのだろうか。

そんなことは分からない。

もう、あの人が儀同さんでも、違う人でもどうでもいい。

明日はこの大きな橋を渡って、理由も知らずに勝手に恐れていた儀同さんへの供養《くよう》としよう。日文は胸に強く決意する。

「さぁ、じゃあ、今日はこのあたりで引き返そう」

父親は頭上のハープ橋を見上げて言う。

夕日に染まる冬枯れの河原から住宅街に続く道を、日文は両親と並んで力強く歩いていく。


「どうでした？　久しぶりのご実家は」

四連休明けの木曜日。美紗紀はボックスシートの陰で制服に着替えている日文を見つけ、勢いよく駆け寄った。

「うん、思ったよりも良かった」

本音である。これまでは面倒としか思えなかった帰省が今回は違った。

ゆっくりと両親と過ごし、色々な話をした。

いつもは義務的な一泊の帰省ばかりだった。限られた時間しかなければ、母親も焦る。話したいことはたくさんあっても、訊きたいことだけを直球で訊くしかないのである。

「いつまでも東京で働くつもりなのか」「結婚はしないのか」。そこには、日文を気遣う多くの理由が隠れているはずなのに、お互いの情報があまりにも足りなくて、何を気遣うべきか、日文も母親も分かっていなかった。

一度、嫌だなと思ってしまうと、ますます日文は自分のことを話す気がなくなり、溝は深まった。たとえ一泊でも、早くアパートに帰りたくて仕方がなくなった。

けれど、今回は自分から多くのことを話した。どんなふうに働き、どんなふうに生活しているかを両親に知ってもらいたかったし、日文も二人の生活を知りたいと思った。

正直なところ、日文は両親を見て安心した。仲はいいし、身体も気遣っている。そして、日文と伊吹のことを、今もずっと案じてくれている。これまでの「帰ってこい」は、いざとなれば「帰ってくればいいじゃない」というニュアンスだったことも知った。

家族といえど、離れていては通じ合えないこともある。それが今回の帰省でよく分かった。

きっと両親は、日文が「小日向食堂」の店長として、今後もやりがいを持って働き、力強く生きていく覚悟を感じ取ってくれたはずだ。その信用を失わないために、たとえ日帰りでもいいから、これまで以上に会いに行かなくてはいけない。それが、故郷に戻らないと決めた日文が新たに決意したことだった。

制服に着替えた美紗紀は、長い髪を後ろでまとめながら言った。

「私、お正月に帰省した時に言われたんですよ。フリーターをしているくらいなら、今年こそ帰って来いって」

うん、と日文は曖昧に相槌を打つ。

「親が心配する気持ちも分かるんですよねー。実際に、会社員の時のほうがお給料はずっと良かったですし、今の貯金もそんなにありませんから。クリスマスに店長が退職して実家に戻るって聞いた時は、よくそんな決断ができるものだって驚きましたけど、私もとうとう決意しました」

「えっ」

日文は思わず叫んだ。

信義の退職後、日文が「小日向食堂　中野店」の店長を引き継ぐことは美紗紀も知っている。もしもここで静岡に帰るなどと言い出せば、日文が思い描いていた新しい体制はたちまち暗礁《あんしょう》に乗り上げてしまう。

信義、日文、美紗紀、そして巧。このメンバーは最強だった。だからこそ、信義が抜けてもうまくフォローし合い、これまでと同じ調理や接客の水準を保てると思っていたのだ。

美紗紀はじっと日文を見つめている。

本当に辞めてしまうのだろうか。彼女は社員ではないから、たとえ辞めたとしても新しいスタッフが補充されるわけではない。

ここ数か月の信義を見てきたから分かる。一度決意した人の覚悟は翻《ひるがえ》るものではない。周りにいる者は、もう背中を押すしかないのだと。

しばらく沈黙が続くと、美紗紀はこらえきれなくなったように噴き出した。

「日文さん、絶対に私が辞めるって言うと思ったでしょう」

「えっ、何？　違うの？」

「当たり前じゃないですか。日文さんを放り出して辞めたりしませんよ。私が決意したのは『小日向食堂』の社員になることです」

「は？」

「昨日、マネージャーが来たから聞いてみたんです。バイトから社員になれますかって。試験はあるけど、落ちる人はほとんどいないそうです。マネージャー、大喜びしてくれました」

日文は一気に力が抜けた。へらっと笑いが漏れた。

「……ウチは万年社員不足だからね。私も中途採用だったけど、面接の時、飲食業経験者って言ったら即採用だったもの。それより、本当にいいの？」

「はい。私だってお正月からずっと悩んできたんです。今だって日文さんと同じくらい働いているんですから、社員になるのも悪くないなと。試験は来週ですけど、落ちる人はまずいないそうなので、社員になります。これからもよろしくお願いします」

日文は美紗紀を思いっきり抱きしめた。

「やったぁ。これでずっと美紗紀ちゃんと働ける！　実はそう言ってくれるのを前から待っていたの。店長と二人で」

「無言の圧力はずっと感じてきました。でも、決心がつかなくて。静岡に帰る気はさらさらなかったんですけど、働くにしても『小日向』でいいのかなぁって。定食屋ですし」

「そう。定食屋だよ。美紗紀ちゃんが辞めたみたいな大きな会社じゃない。お給料だってずっと安いし、休日も少ない」

「何年も店長や日文さんを見てきたから分かりますよ。でも、ここがいいって思ったんです。働いているって実感があります。顔見知りのお客さんが来てくれると嬉しいし、美味しいウチの定食を食べてほしいって思う。それで十分な気がしたんです」

それは日文もずっと思っていた。同じ飲食業にしたって色々な業態がある。その中でも素朴な定食屋。これがいい。なぜなら、実家で食べるような食事を求めてお客さんがやってくるのだから。

「私はこの先、定食屋のオバチャンになろうと思っているの。東京のオフクロさんみたいに。チェーン店だけど」

「そこがいいんですよ。どこに行っても同じ味を食べられるんですから」

「私、年をとっても『小日向』で働くからよろしくね。定年退職した後もパートで働く」

「いや、その前に、私も社員になれば異動があるでしょうしね。そしたらそれぞれの店で、オバチャン同士、売上を競《きそ》いますか」

「うわ、負けられねぇ」

二人で顔を見合わせて思い切り笑った。

ひとしきり笑い、ふと我に返る。

「でも、実家はいいの？」

「何かあれば助けに行きますけど、そのために自分の人生を諦めたくないです。お正月に帰省して、やっぱり東京が好きだって思いました。誰でも受け入れるくせに、他人には冷たいし、家賃は高いし、ここで暮らすのは大変なんですけど、生き延《の》びてやるっていう闘志みたいなのが湧いてくるんです。負けたくないって。それを一度経験しちゃったら、地元になんて帰れませんよ」

日文はじっと美紗紀の目を見つめていた。

「まぁ、前の会社では、その冷たさに負けて辞めてしまいましたけど、『小日向』は全然違いました。人情みたいなものを感じたんです。店長も日文さんもまっすぐで、誰かを陥《おとしい》れて自分が目立とうなんて思ってない。ただお客さんのために美味しい定食を作っている。忙しければ売上が良かったたって喜んで、たとえ暇でも、今日は早く帰れる～、なんて笑っている。そこが好きです。何よりも、お客さんが目の前にいるのがいいんです」

「分かる。私もまさにそれ。年をとるにつれて、少しずつ一人でいることが心細くなってくる。だけど、完全に一人ってわけじゃないって気付かせてくれた。具合が悪くなった時は美紗紀ちゃんが来てくれたし、今は地元の人とも繋がりができた。そういうことを育てていきたい。私はずっと『おひとりさま』でいい。でも、外ではただの『おひとりさま』ではなく、たくさんの人と繋がっていたい。そういう生き方ができるようにしていきたい。この一年でそんなふうに考えるようになった」

「いいですね。じゃあ、いざって時、支え合いますか」

「いいね。美紗紀ちゃんがいれば心強い」

「前から思ってたんですけど『美紗紀』でいいですよ。私、『ちゃん』っていう柄じゃないんで」

日文は頷いた。間もなく社員同士。いや、それだけではない。ぐっと美紗紀との距離が近付いた気がした。


その夜、三鷹に戻った日文は、いつものように路地からアパートのベランダを見上げた。

隣《となり》の部屋は真っ暗だった。

このところ、ずっと明かりが点《つ》いていたので珍しいこともあるものだと、見上げたままベランダの下を通過する。隣に明かりが灯っているだけで、たとえ他人でも誰かがいるという安心感があった。

そこでハッとした。暗いだけではない。空虚なのだ。

以前は、タマネギやニンジンク、時には干し柿などがぶら下がっていた物干し竿がない。それに、留守にしてもカーテンが閉じていない。というよりも、そもそもカーテンがない。ガラスが冴《さ》え冴《ざ》えと夜のわずかな光を反射させている。

「引っ越しちゃったんだ……」

恐らく日文が帰省中に引っ越し作業を終えたのだろう。昨日はまだ明るい時間に実家から戻ってきたので、隣の異変に気付かなかった。

「そっか、いなくなっちゃったか。短かったなぁ」

結局、どんな子だったのかは分からないままだった。

でも、と日文は暗い窓を見上げる。

もしも、次に誰かが引っ越してきたら、その時は挨拶をしたい。相手が挨拶に来てくれなくても、自分から挨拶してやる。

薄い壁一枚向こうの他人。でも、同じアパートの住人なのだ。

階段を上り、鍵《かぎ》を開ける。照明を点け、手を洗ってよくうがいをした。

朝から留守にしていた部屋はすっかり冷え切っていて、すぐに暖房をつけた。

カーテンを引こうとして、思い立って窓を開ける。

群青《ぐんじょう》色の冬の空に明るい星が輝いていた。

ふと、ベランダでよく夜空を見上げていた隣人を思った。

怪しい人物だと勝手に恐れたり、ベランダに吊るされたものに驚かされたり、直接関わったわけではないのに、強く印象に残っている。そうやって、強く、弱く、色々な人と関わって人生は続いていく。

窓を閉めてカーテンを引く。エアコンからは暖かい風が勢いよく吐き出されていて、少しずつ部屋が温まっていく。

座卓の前に座った日文は、「おひとりさまノート」を取り出した。

ここには、直人の北海道の住所も記されている。

住所が分かれば手紙が書ける。

そう気付いたのは、実家から三鷹に戻る電車の中だった。

一度はもう連絡しないと決めたものの、やっぱりこれまでの長い付き合いをなかったことにはしたくない。

今では電話もメールも、以前のように気軽にすることはできないが、自分のことを伝えたいし、新しい環境で頑張る直人のことも知りたい。

直人の母親の住所も記されている。

あの頃のように遊びに行くことはできなくても、手紙なら気持ちを届けることができる。山深い温泉の街に暮らす彼女を案じることができるのだ。

そうだ。信義の実家の住所も訊いておかなくては。

「小日向食堂」で働いた濃密な日々を、信頼で結ばれた絆《きずな》を、このまま途絶えさせたくはない。信義が支えた中野店を、今度は自分が引っ張っていく。そんな話をこれからもしたい。

信義が故郷でどんな仕事に就《つ》くのかは分からないが、きっと、東京の飲食店で働く日文とは生活時間が異なるだろう。ましてや信義は、両親と暮らすのだから。ならば、やはり手紙がいい。お互いに、好きなタイミングで繋がることができる。

すぐ近くにいる人には、いつでも会える。

いつでも会えない人とも、繋がっていたい。

せっかく築いた関係を、そこで途切れさせないために。

繋がっていれば、お互い何か大変な事態に直面した時、必ず手を差し伸べ合うことができる。言葉だけでも励まされる。そうなれば、たとえ一人でも不安だけを抱えて過ごすことはない。

日文は強く決意する。

人と人との繋がりを、大切に、大切に育てていこうと。

私はここで生きていく。故郷に帰るのではない。ここを自分の故郷にするのだ。
ここに根を張って、たくましく生きていく。
いずれ、両親が大変な時は、できればここに迎えたい。
そうなれるように頑張りたい。
その時は、親子三人で井の頭公園を散歩するのだ。
ここは私の街。どこまでだって歩いて行ける。

本作は書下ろしです

一〇〇字書評

切り取り線

購買動機（新聞、雑誌名を記入するか、あるいは○をつけてください）	
□（　　　　　　　　　　　　）の広告を見て	
□（　　　　　　　　　　　　）の書評を見て	
□ 知人のすすめで	□ タイトルに惹かれて
□ カバーが良かったから	□ 内容が面白そうだから
□ 好きな作家だから	□ 好きな分野の本だから

・最近、最も感銘を受けた作品名をお書き下さい

・あなたのお好きな作家名をお書き下さい

・その他、ご要望がありましたらお書き下さい

住所	〒				
氏名		職業		年齢	
Eメール	※携帯には配信できません	新刊情報等のメール配信を 希望する・しない			

この本の感想を、編集部までお寄せいただけたらありがたく存じます。今後の企画の参考にさせていただきます。Eメールでも結構です。

いただいた「一〇〇字書評」は、新聞・雑誌等に紹介させていただくことがあります。その場合はお礼として特製図書カードを差し上げます。

前ページの原稿用紙に書評をお書きの上、切り取り、左記までお送り下さい。宛先の住所は不要です。

なお、ご記入いただいたお名前、ご住所等は、書評紹介の事前了解、謝礼のお届けのためだけに利用し、そのほかの目的のために利用することはありません。

〒一〇一－八七〇一
祥伝社文庫編集長　清水寿明
電話　〇三（三二六五）二〇八〇

祥伝社ホームページの「ブックレビュー」からも、書き込めます。

www.shodensha.co.jp/bookreview

祥伝社文庫

泊日《とまりひ》文《ふみ》のおひとりさまノート

令和 7 年 4 月 20 日　初版第 1 刷発行
令和 7 年 7 月 10 日　　　第 5 刷発行

著　者　長月《ながつき》天《あま》音《ね》
発行者　辻　浩明
発行所　祥伝社《しょうでんしゃ》
東京都千代田区神田神保町 3-3
〒 101-8701
電話　03（3265）2081（販売）
電話　03（3265）2080（編集）
電話　03（3265）3622（製作）
www.shodensha.co.jp
印刷所　堀内印刷
製本所　ナショナル製本
カバーフォーマットデザイン　芥　陽子

 ISBN978-4-396-35114-4 C0193

祥伝社文庫の好評既刊

原田ひ香　ランチ酒

バツイチ、アラサーの犬森祥子。唯一の贅沢は夜勤明けの「ランチ酒」。疲れを癒す人間ドラマ×グルメ小説。

原田ひ香　ランチ酒　おかわり日和

離婚し、「見守り屋」の仕事を始めた犬森祥子。半年ぶりに元夫と暮らす小三の娘に会いに行くが……。

原田ひ香　ランチ酒　今日もまんぷく

犬森祥子は久々の恋に戸惑っていた。気がかりなのは元夫に引き取られた娘のこと。祥子が選んだ道とは？

泉ゆたか　横浜コインランドリー

困った洗濯物も人に言えないお悩みもコインランドリーで解決します。心がすっきり&ふんわりする洗濯物語。

泉ゆたか　横浜コインランドリー　今日も洗濯日和

洗濯物の数だけ物語がある。妻を亡くした夫、同居する姑に悩む嫁、認知症の母と暮らす子……心の洗濯物語第二弾。

寺地はるな　やわらかい砂のうえ

自己肯定感の低い万智子が、人生初の恋をして……。変わろうと奮闘する女性を描く、共感度100％の成長物語。

祥伝社文庫の好評既刊

千早茜　さんかく

食の趣味が合う。彼女ではない女性と同居する理由は、ただそれだけ。三角関係未満の揺れ動く女、男、女の物語。

小野寺史宜　ホケツ！

一度も公式戦に出場したことのない大《だい》地《ち》は伯母さんに一つ嘘をついていた。自分だけのポジションを探し出す物語。

小野寺史宜　家族のシナリオ

余命半年の恩人を看取る——元女優の母の宣言に〝普通だったはず〟の一家が揺れる。家族と少年の成長物語。

小野寺史宜　ひと

両親を亡くし、大学をやめた二十歳の秋。人生を変えたのは、一個のコロッケだった。二〇一九年本屋大賞第二位！

小野寺史宜　まち

幼い頃、両親を火事で亡くした瞬一は、高校卒業後祖父の助言で東京へ。下町を舞台に描かれる心温まる物語。

小野寺史宜　いえ

妹が、怪我を負った。負わせたのは、おれの友だち。二〇一九年本屋大賞第二位『ひと』に始まる荒川青春物語。

祥伝社文庫の好評既刊

坂井希久子
虹猫喫茶店
「お猫様」至上主義の喫茶店にはワケあり客が集う。人生、こんなはずじゃなかったというあなたに捧げる書。

坂井希久子
妻の終活
余命一年。四十二年連れ添った妻が末期がんを宣告された。妻への後悔と自分の将来への不安に襲われた老夫は……。

桂 望実
恋愛検定
片思い中の紗代《さよ》の前に、突然神様が降臨。「恋愛検定」を受検することに……。ドラマ化された話題作。

桂 望実
僕は金《きん》になる
賭け将棋で暮らす父ちゃんと姉ちゃん。まともな僕は二人を放っておけず……。胸をゆさぶる家族の物語。

彩瀬まる
まだ温かい鍋を抱いておやすみ
食べるってすごいね。生きたくなっちゃう――大切な「あのひと口」の記憶を紡ぐ、六つの食べものがたり。

柚木麻子
早稲女《ワセジョ》、女、男
自意識過剰で面倒臭い早稲女の香夏子《かなこ》と、彼女を取り巻く女子五人。東京で生きる女子の等身大の青春小説。